AF821473

द गाइडिंग लाइट

मेरी सबसे प्रिय श्रेष्ठ पुस्तकों के प्रेरक विचार

डॉ. ए.पी.जे. अब्दुल कलाम

प्रभात प्रकाशन

प्रकाशक
प्रभात प्रकाशन प्रा. लि.
4/19 आसफ अली रोड, नई दिल्ली-110002
फोन : 011-23289777 • हेल्पलाइन नं. : 7827007777
इ-मेल : prabhatbooks@gmail.com ❖ वेब ठिकाना : www.prabhatbooks.com

संस्करण
2026

© डॉ. ए.पी.जे.एम. नजमा मरईकयर

अनुवाद
श्री निशांत गोयल

पेपरबैक मूल्य
चार सौ रुपए

मुद्रक
जयलक्ष्मी प्रिंटिंग प्रेस, दिल्ली

★

THE GUIDING LIGHT
by Dr. A.P.J. Abdul Kalam

Published by **PRABHAT PRAKASHAN PVT. LTD.**
4/19 Asaf Ali Road, New Delhi-110002

ISBN 978-93-90378-35-7

₹ 400.00 (PB)

पुस्तक परिचय

मुझे याद नहीं है कि वह पहली पुस्तक कौन-सी थी, जो मैंने कभी पढ़ी थी। मुझे ऐसा प्रतीत होता है कि पुस्तकें हमेशा से ही मेरे जीवन में मौजूद रही हैं और उनकी ठोस, महसूस की जाने वाली उपस्थिति मुझे आराम और विश्वास देती थी; हालाँकि मुझे पता है कि ऐसा नहीं था। बड़े होने के दौरान मैं दक्षिण भारत के एक छोटे से शहर 'रामेश्वरम' में रहता था। यहाँ कोई पुस्तकालय मौजूद नहीं था, पुस्तकों की दुकान तो दूर की बात है। हम पवित्र पुस्तक 'कुरान' को पूरी एकाग्रता के साथ पढ़ने के अलावा अपनी स्कूली पुस्तकों के अध्ययन पर भी पूरा ध्यान लगाते। पढ़ने के लिए इससे अधिक के नाम पर हमारे पास सिर्फ समाचार-पत्र था। द्वितीय विश्व युद्ध के समय मैंने कुछ समय के लिए अखबार बाँटने का काम किया और अपनी उँगलियों पर करारे और ताजे कागज को छूने पर होनेवाली संवेदना मुझे आज भी प्रफुल्लित कर देती है।

पुस्तकों और वाचन की दुनिया से मेरा पहला परिचय मेरे मित्र, बहनोई और पहले गुरु जलालुद्दीन के जरिए हुआ। उस समय, जब मेरी उम्र लगभग दस वर्ष की थी, वे पूरे शहर के इकलौते पूर्ण साक्षर वयस्क निवासी थे। उन्होंने इंटरमीडिएट तक की पढ़ाई की थी और उसके बाद उन्हें कमाई करने के लिए काम करने के क्रम में पढ़ाई को छोड़ना पड़ा था; लेकिन उनके पास एक उन्मुक्त और जिज्ञासु मस्तिष्क था। उनकी रुचियाँ द्वीप की चिंताओं से परे थीं और कई बार शाम के समय वे हमें अखबारों से खबरें पढ़कर सुनाते थे और हमें हमारी छोटी-सी दुनिया से दूर की दुनिया से रू-बरू करवाते थे। ये वही थे,

जो हमें वर्तमान राजनीतिक स्थिति, युद्ध की खबरें, कीमती धातुओं की कीमतों और ऐसी ही अन्य जानकारियों के बारे में बताते थे। मैंने उन्हें शहर के लोगों के पत्र पढ़ते और लिखते, जो स्थानीय लोग उन्हें बोलकर बताते थे, देखते हुए उनके साथ बहुत समय बिताया। शायद उसी समय लिखे हुए शब्द की महत्ता और शक्ति मेरे मन-मस्तिष्क में कहीं छप गई। मुझे समझ आ गया कि जानने और पढ़ने से प्रेम करने का मतलब है कि मैं उस किसी भी दुनिया की सैर कर सकता था, जिसको मैं चाहता था। वह धर्म या दर्शन की दुनिया भी हो सकती थी, जो मैंने 'कुरान' की कक्षा में सीखा था या फिर वह कविता और कल्पना भी हो सकती थी या फिर वह सुप्रसिद्ध लोगों के शब्दों और उनके जीवन को समझना भी हो सकता है।

मैं जैसे-जैसे बड़ा होता गया, मेरी पढ़ने की लालसा और अधिक बढ़ती गई तथा मैंने अधिक तत्परता से पढ़ना शुरू कर दिया। मेरे पास अब भी पैसे नहीं होते थे, क्योंकि मुझे काम करके जो भी पैसा मिलता था, वह मद्रास इंस्टीट्यूट ऑफ टेक्नोलॉजी में पढ़ाई के दौरान खर्चों में खत्म हो जाता था। इस बीच मुझे मद्रास (अब चेन्नई) के मूर बाजार में पुस्तकों की एक छोटी-सी दुकान मिली, जहाँ का मालिक मुझे खुशी से एक मामूली-सी जमा राशि के बदले पढ़ने के लिए पुस्तकें दे देता था। मैंने बेहद गंभीरता से पढ़ना शुरू कर दिया और जल्द ही पुरातन, अनुवाद, कविताओं और निबंधों के संग्रह तक अपनी पहुँच बना ली। मुझे विभिन्न धर्मों की अवधारणाओं को समझानेवाले लेखन दिलचस्प लगे और मैंने हिंदू धर्म, ईसाई धर्म एवं बौद्ध धर्म के पवित्र ग्रंथों और कन्फ्यूशियस की रचनाओं का अध्ययन किया। इसके बीज डालने का श्रेय शायद मेरे पिताजी को जाता है, जो बेहद ही गहरे धार्मिक व्यक्ति थे और इसलाम की बातों को निकटता से जानते थे। समय के साथ अब मेरे मन की प्यास और अधिक बढ़ रही थी तथा मैं और अधिक जवाब जानने को उत्सुक होता जा रहा था।

एक बार मैंने काम करना शुरू कर दिया और विज्ञान की दुनिया में गहराई से प्रवेश किया तो सांसारिकता व आध्यात्मिकता के बीच की कड़ियों से जुड़े सवालों ने मुझे घेर लिया। हम सब कैसे जुड़े हैं? क्या विज्ञान अध्यात्म को

नकारता है? जिन मामलों को अपना अस्तित्व बनाए रखने के लिए प्रमेय और प्रमाण की आवश्यकता होती है, हम उन पर कैसे विश्वास बनाए रख सकते हैं? मैंने इन मामलों का अध्ययन करनेवाले महान् वैज्ञानिकों और दार्शनिकों के कार्यों को पढ़ा। नैतिकता और अपनी इच्छानुसार जीवन जीने के कोड भी मेरे दिमाग में चल रहे थे। जे. कृष्णमूर्ति, राल्फ वाल्डो इमर्सन, श्रीअरविंद जैसे विचारकों के कार्यों ने मुझे न केवल खुद को, बल्कि अपने चारों ओर की दुनिया को भी तेजी से समझने में मदद की। इन निबंधों व पुस्तकों ने मुझे स्थितियों का बेहतर ढंग से विश्लेषण करने और अपने साथी कर्मियों एवं उनकी प्रेरणाओं को स्पष्ट रूप से समझने में मदद की।

एक काम, जो मेरे लिए लगभग जीवन-धारा की तरह रहा है, वह है 'तिरुक्कुरल'। यह तमिल संगम 2,000 साल पहले साहित्य के महान् युग में संत कवि तिरुवल्लुवर द्वारा लिखा गया और इसमें दोहे या कुरल शामिल हैं। इनमें से प्रत्येक में एक गहन सत्य या नैतिक कोड है, जिसे कुछ शब्दों में व्यक्त किया गया है; लेकिन इसके भीतर आश्चर्यजनक ज्ञान का समावेश है। मेरे जीवन में संघर्ष या निराशा का शायद ही कोई क्षण रहा हो, जिसे सुलझाने में 'तिरुक्कुरल' ने मदद न की हो।

साहित्य का वह दूसरा रूप, जिसने मुझे स्कूल के दिनों से ही लुभाया और मोहित किया था, वह है काव्य। मैं अभी भी अपने साहित्यिक पाठ्यक्रम में शामिल कुछ कविताओं को याद कर सकता हूँ। आगे जाकर मुझे शेक्सपियर, मिल्टन और डोने के लेखन को पढ़ने का मौका मिला। मिल्टन का 'पैराडाइज लॉस्ट' दशकों तक मेरा विशेष पसंदीदा रहा है और मैंने उन पंक्तियों को बार-बार पढ़ा है। टैगोर, भरतियार एवं श्रीअरविंद जैसे भारतीय जानकारों के कामों ने मुझे मानव जाति और गहरी राष्ट्रवादी धुन के प्रति उनके दर्शन के बारे में जानने का मौका दिया है। कोई भी कविता जितनी शिद्दत से तात्कालिक जोश प्राप्त करा सकती है, वह किसी भी अन्य रूप में होना नामुमकिन है। मैंने स्वयं कई कविताएँ लिखी हैं और हर बार जब मैं पंक्तियों के जरिए जो कुछ कहना चाहता हूँ, उसका सार करने का प्रयास करता हूँ तो मुझे उन महान् कविताओं की याद

आती है, जिन्हें मैंने सराहा और पसंद किया है।

जैसे-जैसे मैं बड़ा हुआ, मैंने वैसे-वैसे ही इस राष्ट्र और हम किस दिशा की ओर अग्रसर हैं, उस बारे में अधिकाधिक सोचना शुरू कर दिया। प्रत्येक नागरिक की क्या भूमिका है? युवा क्या चाहता है? वे किस चीज के हकदार हैं? उनकी जिम्मेदारियाँ क्या हैं? जब हम सबके लिए एक बेहतर और उज्ज्वल भविष्य की दिशा में कदम आगे बढ़ाते हैं तो हम सबको अपने जेहन में क्या परिकल्पना रखनी चाहिए? अपने जीवन में इस समय तक मैं स्वयं भी एक लेखक बन चुका था। मेरी लिखी पहली पुस्तक सफलतापूर्वक प्रकाशित हो चुकी थी और इस बारे में पता चलने तक मैं कई अन्य शीर्षक भी लिख चुका था। प्रत्येक के साथ मुझे एक लेखक की जरूरतों को बेहतर तरीके से जानने व समझने का मौका मिला और मैंने विकास एवं दूरदृष्टि के मुद्दों पर और अधिक गहराई से सोचना शुरू कर दिया। मेरा पाठन इस दिशा में और अधिक रुचि लेने लगा, क्योंकि मुझे बड़े डाटा को जानना व समझना था, रिपोर्टों पर गंभीरता से नजर डालनी थी और निष्कर्ष तैयार करने थे, जो एक विजन डॉक्यूमेंट को तैयार करने में मदद करते, जिसे हम 'विजन 2020' कहते थे। इस सबके साथ ही गांधी, लिंकन और अन्य देशों के इतिहास को पढ़कर ही मुझे अपने जीवनकाल में भारत को निकट भविष्य में एक विकसित देश बनाने के तरीके खोजने की प्रेरणा मिली।

इस पुस्तक में साहित्यिक, धार्मिक और दार्शनिक कार्यों की पंक्तियाँ शामिल हैं, जिन्होंने मुझे प्रेरित करते हुए मेरा मार्गदर्शन किया है। इन धार्मिक ग्रंथों के ऐसे उद्धरण हैं, जिन्हें मैंने बारीकी से पढ़ने के अलावा अपने लेखों और व्याख्यानों में उद्धृत भी किया है। मिल्टन, शेक्सपियर, डोने, टैगोर जैसे शास्त्रीय महान् विभूतियों के काम हैं। 'तिरुक्कुरल' के कुछ दोहे या कुर्ल हैं और मुझे इस बात की पूरी आशा है कि ये उन पाठकों को प्रेरित करेंगे, जो अभी तक इस महान् लेखन से पूरी तरह से अपरिचित रहे हैं, वे इस लेखन को मूल या अच्छे अनुवाद के रूप में पा सकें और इसे पढ़ सकें। ऐसे निबंधों के निचोड़ हैं, जिन्हें मैंने पूरी तरह से विचारोद्दीपक पाया है और जिनके बारे में मेरा मानना है कि

सभी को इन्हें अवश्य पढ़ना चाहिए। पुस्तक को कुछ खंडों में विभाजित किया गया है और उद्धरणों को व्यापक रूपरेखाओं, जैसे—विश्वास, प्रेरणा, कर्तव्य, श्रद्धांजलि आदि में बाँटा गया है; लेकिन ये सभी साहित्य के महान् काम हैं और इनकी सार्वभौमिक अपील को किसी भी संदर्भ में, जिसमें पाठक रखना चाहे, पढ़कर समझा जा सकता है।

निम्नलिखित पृष्ठ उन तमाम पुस्तकों एवं ग्रंथों को एक सम्मान है, जिन्होंने मुझे एक विचारशील प्राणी बनाया। मुझे इस बात की पूरी उम्मीद है कि प्रत्येक पाठक न केवल इन विशेष उद्धरणों की सराहना करेगा, बल्कि इन विचारों को बेहतर और गहन तरीके से समझने के लिए इन संपूर्ण कार्यों में से अधिकाधिक को पढ़ने का प्रयास भी करेगा। यह पुस्तक उस खिड़की की तरह है, जो हमें अपनी दुनिया से परे की एक बिल्कुल नई दुनिया और अजूबों तक ले जाती है। मुझे इस बात की पूरी आशा है कि मैं कुछ दरवाजे व खिड़कियाँ खोलने में सक्षम रहा हूँ और कुछ नए विचारों एवं अवधारणाओं को आपकी दुनिया में लाने में मदद करने में सफल रहा हूँ।

(डॉ. ए.पी.जे. अब्दुल कलाम)

मेरी पसंदीदा चुनिंदा पुस्तकों की सूची—

'लाइट फ्रॉम मेरी लैंप्स', संपादित लिलियन वॉटसन

'मैन द अननोन' (एलेक्सिस कैरेल) तिरुकुरल (तिरुवल्लुवर)

'कोड नेम गॉड' (मणि भौमिक)

'सीक्रेट द पावर' (रोंडा बायरन)

'वर्क्स ऑफ कबीर'

'सिलप्पथिकारम' (इलंगो आदिगल)

'एवरीडे ग्रेटनेस' (स्टीफन कोवे)

'गीतांजलि' (रवींद्रनाथ टैगोर)

'पैराडाइज लॉस्ट' (जॉन मिल्टन)

'द प्रॉफेट' (खलील जिब्रान)

'द सीट ऑफ द सोल' (गैरी जुकव)

'होली कुरान,

भगवद्गीता,

पवित्र बाइबल' आदि।

पढ़ते रहो, आगे बढ़ते रहो

मैं हर समय यही सुन रहा हूँ कि लोगों में पढ़ने की आदत इन दिनों कम-से-कम होती जा रही है। शायद ध्यान बाँटनेवाले अन्य साधन, अधिक गैजेट्स के चलते हमारा जीवन अब अधिक व्यस्त हो गया है और हमारे पास एक शांत कोने को खोजकर एक पुस्तक का स्वाद लेने का समय नहीं है। इसके बावजूद यह एक ऐसी आदत है, जिसे हमें अपने भीतर जीवित रखने और आनेवाली पीढ़ियों में विकसित करने की आवश्यकता है। पढ़ना मस्तिष्क के लिए वही काम करता है, जो एक अच्छा भोजन शरीर के लिए करता है। यह बनाए रखता है, यह पोषण करता है, यह हमें सोचने में मदद करता है और हमें बढ़ने में मदद करता है। मैं वर्षों से कई ऐसी सरल चीजों के बारे में बात करता आ रहा हूँ, जिनका पालन अपने घर और आसपास करके हम इस आदत को बनाए रख सकते हैं। मुझे आशा है कि आप मेरे सुझावों से सहमत होंगे और उनमें से कुछ को लागू करने का प्रयास करेंगे।

- घर पर पुस्तकालयों का निर्माण करें। पुस्तकों को एक और दो में इकट्ठा करें और धीरे-धीरे एक संग्रह तैयार करें। इस पुस्तकालय को सुंदर व सार्थक पुस्तकों के साथ भरते हुए भविष्य की पीढ़ियों के लिए एक उपहार के रूप में रखें।
- अपने बच्चों के साथ पढ़ें। यदि आप एक अभिभावक हैं तो प्रतिदिन अपने बच्चों के साथ बैठने और उनके साथ पढ़ने के लिए कुछ समय बिल्कुल अलग रखें। यह एक ऐसी पुस्तक हो सकती है, जिसे

आप एक साथ पढ़ते हैं या प्रत्येक की अपनी पुस्तक हो सकती है, जिसे आप मिलनसार चुप्पी में पढ़ते हैं।

- यदि आप शिक्षक हैं या स्कूल का हिस्सा हैं तो कक्षा में दिलचस्प, बच्चों की आयु के उपयुक्त पुस्तकें लाएँ और उन्हें बच्चों के साथ मिलकर पढ़ें। उनके साथ ऐसी बातों पर चर्चा शुरू करें, जो उनमें सोचने और पढ़ने के कार्य के प्रति प्रेम का भाव जगाए।
- किसी भी नई जगह पर जाने पर वहाँ की पुस्तकों की दुकान और लाइब्रेरी पर अवश्य जाएँ। आपको कई बार वहाँ उम्मीद से कहीं अधिक जानकारी छिपी हुई मिल सकती है।

□

अनुक्रम

पुस्तक परिचय *3*

पढ़ते रहो, आगे बढ़ते रहो *9*

1. आस्था 13
2. धारणा 27
3. कठिनाइयाँ 53
4. शेष-भाग 85
5. श्रद्धांजलि 109
6. कुछ विचार 133
7. प्रकाश 157
8. समय का प्रभाव 171

अभिस्वीकृति 184

आस्था

अल्लाह के नाम पर, हे दयालु, दया देनेवाले!
अल्लाह की तारीफ, दुनिया का खुदा।
हे दयालु, दया देनेवाले।
फैसले के दिन के मालिक।
हम सिर्फ आपकी ही इबादत करते हैं और अकेले आपसे ही मदद माँगते हैं।
हमें सीधा रास्ता दिखाएँ (रहनुमा)।
उन लोगों का रास्ता, जिन पर आपने (अपना) अहसान किया है
और उन लोगों का नहीं, जिन्होंने आपकी नाराजगी (गुस्से) को भोगा है और
उन लोगों का भी नहीं, जो लोग रास्ते से भटक गए हैं।

—पवित्र कुरान

महान् अधिष्ठाता (वरुणदेव) सभी वस्तुओं के जाननेवाले हैं। वे समस्त कर्मों को निकटता से देखते हैं तथा सबके वृत्तांतों को जानते हैं।

जो स्थित रहता है, जो चलता है, जो गुप्त (बल भरा) या खुला व्यवहार करता है तथा जब दो मनुष्य एक साथ बैठकर गुप्त विचार-विमर्श करते हैं, तब उनमें तीसरे (उनसे भिन्न) होकर राजा वरुणदेव उन सबको जानते हैं।

यह पृथ्वी और दूर अंतर पर मिलनेवाला विशाल द्युलोक राजा वरुण के वश में है। पूर्व-पश्चिम के दोनों समुद्र भी वरुणदेव की दोनों कोखें हैं। इस प्रकार वे (जगत् को व्याप्त करते हुए) थोड़े जल में भी विद्यमान हैं।

जो (अनुशासनहीन) द्युलोक से परे चले जाते हैं, वे भी राजा वरुण के पाशों से मुक्त नहीं हो सकते; क्योंकि उनके दिव्य दूत पृथ्वी पर विचरण करते हैं और अपनी हजारों आँखों से भूमि का निरीक्षण करते रहते हैं।

द्यावा-पृथ्वी के बीच में निवास करनेवाले तथा अपने सामने निवास करनेवाले प्राणियों को राजा वरुणदेव विशेष रूप से देखते हैं। वे मनुष्य की पलकों के झपकों को उसी प्रकार गिनते तथा नापते हैं, जिस प्रकार जुआरी अपने पासों को नापता रहता है।

हे वरुणदेव! पापी मनुष्यों को बाँधने के लिए आपके जो उत्तम, मध्यम और अधम सात-सात पाश हैं, वे असत्य बोलनेवाले रिपुओं को छिन्न-भिन्न करें और सत्यभाषी पुण्यात्माओं को मुक्त करें।

—*अथर्ववेद, खंड 4, सूक्त 6*

1. दूसरों पर दोष लगाने की आदत मत डालो, ताकि तुम पर भी दोष न लगाया जाए।
2. क्योंकि तुम्हारा न्याय उसी फैसले के आधार पर होगा, जो फैसला तुमने दूसरों का न्याय करते हुए दिया था और परमेश्वर तुम्हें उसी नाप से नापेगा, जिससे तुमने दूसरों को नापा है।
3. तुम अपने भाईबंदों की आँख का तिनका तक क्यों देखते हो ? जबकि तुम्हें अपनी आँख का लट्ठा भी दिखाई नहीं देता !
4. जब तुम्हारी अपनी आँख में लट्ठा समाया है तो तुम अपने भाई से कैसे कह सकते हो कि तू मुझे तेरी आँख का तिनका निकालने दे ?
5. ओ कपटी ! पहले तुम अपनी आँख से लट्ठा निकालो, फिर तुम ठीक तरह से देख पाओगे और अपने भाई की आँख का तिनका निकाल पाओगे।
6. "कुत्तों को पवित्र वस्तु मत दो और सूअरों के आगे अपने मोती मत बिखेरो। नहीं तो वे सुअर उन्हें पैरों तले रौंद डालेंगे और कुत्ते पलटकर तुम्हारी भी धज्जियाँ उड़ा देंगे। जो कुछ चाहते हो, उसके लिए परमेश्वर से प्रार्थना करते रहो।
7. "परमेश्वर से माँगते रहो, तुम्हें दिया जाएगा। खोजते रहो, तुम्हें प्राप्त होगा; खटखटाते रहो, तुम्हारे लिए द्वार खोल दिया जाएगा।

... ...

15. "झूठे भविष्यवक्ताओं से बचो ! वे तुम्हारे पास सरल भेड़ों के रूप में आते हैं, किंतु भीतर से वे खूँखार भेड़िए होते हैं।

16. तुम उन्हें उनके कर्मों के परिणामों से पहचानोगे। कोई कँटीली झाड़ी से न तो अंगूर इकट्ठे कर पाता है और न ही गोखरू से अंजीर।
17. ऐसे ही अच्छे पेड़ पर अच्छे फल लगते हैं; किंतु बुरे पेड़ पर तो बुरे फल ही लगते हैं।
18. एक उत्तम वृक्ष बुरे फल नहीं उपजाता और न ही कोई बुरा पेड़ उत्तम फल पैदा कर सकता है।
19. हर वह पेड़, जिस पर अच्छे फल नहीं लगते हैं, काटकर आग में झोंक दिया जाता है।
20. इसलिए मैं तुम लोगों से फिर दोहराकर कहता हूँ कि उन लोगों को तुम उनके कर्मों के परिणामों से पहचानोगे।

—मत्ती 7, पवित्र बाइबल

स्वयं को छह चीजों से बचाएँ और मैं जन्नत के लिए आपकी जमानत हूँ। जब भी बोलें, सच बोलें; जो वायदा करें, उसे निभाएँ, अपने विश्वास की तामीली करें, अपने विचार व कार्यों में पवित्र रहें और अपने हाथों को गैर-कानूनी तथा बुरी चीजों को जर्ब करने से बचाएँ।

—पवित्र कुरान

1. हे यहोवा, मेरा न्याय कर, क्योंकि मैं खराई से चलता रहा हूँ;
   और मेरा भरोसा यहोवा पर अटल बना है।
2. हे यहोवा, मुझको जाँच और परख;
   मेरे मन और हृदय को परख।
3. क्योंकि तेरी करुणा तो मेरी आँखों के सामने है,
   और मैं तेरे सत्य मार्ग पर चलता रहा हूँ।
   ... ...
8. और तेरे सब आश्चर्य कर्मों का वर्णन करूँ,
   हे यहोवा, मैं तेरे धाम से तेरी महिमा के निवासस्थान से प्रीति रखता हूँ।
9. मेरे प्राण को पापियों के साथ
   और मेरे जीवन को हत्यारों के साथ न मिला।
10. वे तो ओछापन करने में लगे रहते हैं,
    और उनका दाहिना हाथ घूस से भरा रहता है।
11. परंतु मैं तो खराई से चलता रहूँगा :
    तू मुझे छुड़ा ले और मुझ पर अनुग्रह कर।

—अध्याय 26, पवित्र बाइबल

अगर हृदय में पवित्रता होगी तो चरित्र में सुंदरता होगी,
अगर चरित्र में सुंदरता होगी तो घर में सद्‌भाव होगा।
अगर घर में सद्‌भाव होगा तो राष्ट्र में सुव्यवस्था होगी।
अगर राष्ट्र में सुव्यवस्था होगी तो दुनिया में शांति होगी।

—कन्फ्यूशियस

सच कहता है : मैं दिल पर गौर करता हूँ,
पानी और मिट्टी से बना रूप नहीं।
तुम कहते हो—मेरे भीतर एक हृदय है, जबकि
हृदय भगवान् के सिंहासन से ऊपर है, नीचे नहीं।

—*रूमी*

1. जब मैंने इन बातों पर सोचा तो मैं इस नतीजे पर पहुँचा कि नेक इनसान और बुद्धिमान इनसान और उन दोनों के काम सच्चे परमेश्वर के हाथ में हैं। इनसान बेखबर है कि उससे पहले लोगों में कितना प्यार और कितनी नफरत हुआ करती थी!
10. तू जो भी करे, उसे जी-जान से कर, क्योंकि कब्र में जहाँ तू जाने वाला है, वहाँ न कोई काम है, न सोच-विचार, न ज्ञान, न ही बुद्धि।
11. मैंने दुनिया में यह भी देखा है कि न तो सबसे तेज दौड़नेवाला दौड़ में हमेशा जीतता है, न वीर योद्धा लड़ाई में हमेशा जीतता है, न बुद्धिमान के पास हमेशा खाने को होता है, न अक्लमंद के पास हमेशा दौलत होती है और न ही ज्ञानी हमेशा कामयाब होता है; क्योंकि मुसीबत की घड़ी किसी पर भी आ सकती है और हादसा किसी के साथ भी हो सकता है।

—सभोपदेशक 9, पवित्र बाइबल

जो झूठी प्रतिष्ठा, मोह तथा कुसंगति से मुक्त हैं; जो शाश्वत तत्त्व को समझते हैं, जिन्होंने भौतिक काम को नष्ट कर दिया है, जो सुख व दुःख के द्वंद्व से मुक्त हैं और जो मोह-रहित होकर परम पुरुष के शरणागत होना चाहते हैं, वे उस शाश्वत राज्य को प्राप्त होते हैं।

—श्रीमद्भगवद्गीता यथारूप,
भक्तिवेदांत स्वामी प्रभुपाद

किसी व्यक्ति के विश्वास को बनाए रखने के लिए, उसे विकसित होने देने के लिए एक व्यक्तिगत प्रयास की आवश्यकता होती है। बाद में—बहुत बाद में—एक दिन हम पीछे देखते हैं तो हमें प्रतीत होता है कि जो कुछ भी हुआ, यहाँ तक कि हमें जो सबसे खराब लग रहा था, वह हमें पथ पर आगे बढ़ाने के लिए एक दिव्य कृपा थी; और तब हम जानते हैं कि व्यक्तिगत प्रयास भी एक कृपा थी।

—क्वेश्चंस एंड आंसर्स, द मदर

सिर्फ एक ही ईश्वर है
वह सर्वोच्च सत्य है।
वह रचनाकार,
बिना डर और बिना नफरत के है।
वह सर्वव्यापी, ब्रह्मांड में व्याप्त है।
वह पैदा नहीं हुआ है,
न ही वह दोबारा जन्म लेने के लिए मरता है।
उनकी कृपा से तुम उनकी पूजा करोगे।
समय से पहले भी सच मौजूद था।
जब समय ने अपना पहिया घुमाना आरंभ किया तो ईश्वर सच था।
अब भी वह सत्य है और सत्य हमेशा सत्य ही रहेगा।

—द जपजी

□

धारणा

अल्लाह के नाम से शुरू! जो बड़ा मेहरबान और रहमवाला; अल्लाह से डरो और ईमान लाओ उसके रसूल पर। वह तुम्हें प्रदान करेगा दोहरा प्रतिफल अपनी दया से तथा प्रदान करेगा तुम्हें ऐसा प्रकाश, जिसके साथ तुम चलोगे तथा क्षमा कर देगा तुम्हें और अल्लाह अति क्षमावान् व दयावान् है; ताकि ज्ञान हो जाए इन बातों से अह्ले पुस्तक को कि वह कुछ शक्ति नहीं रखते अल्लाह के अनुग्रह पर और यह कि अनुग्रह अल्लाह ही के हाथ में है। वह प्रदान करता है, जिसे चाहे और अल्लाह बड़े अनुग्रह वाला है।

—पवित्र कुरान

ईश्वर ऐसे व्यक्ति के जरिए आश्चर्यजनक चीजें करवा सकते हैं, जो इस बात की परवाह नहीं करते कि श्रेय किसे मिलेगा और श्रेय दूसरों के साथ बाँटने, शक्ति एवं कीर्ति को साझा करने के लिए तैयार रहते हैं।…

किसी बुरे काम को स्वयं जरा भी न करने से बेहतर होगा कि किसी दूसरे को उस काम को करने देना। सबसे आश्चर्यजनक चीज यह है कि आधी से भी अधिक बार आप जैसा करते, वे उससे कहीं बेहतर काम कर पाते हैं!

—*'टफ टाइम्स नेवर लास्ट, बट टफ पीपल डू!'*
रॉबर्ट एच. शुलर

व्हाट गॉड हैथ प्रॉमिस्ड
What God Hath Promised

भगवान् ने वादा नहीं किया कि आसमान हमेशा नीला होगा,
हमारे जीवित रहते फूल-बिखरे मार्ग;
भगवान् ने बारिश के बिना सूरज का वादा नहीं किया,
दुःख के बिना सुख, बिना पीड़ा के शांति।

लेकिन भगवान् ने पूरे दिन के लिए शक्ति का वादा किया,
श्रम के लिए विश्राम, मार्ग के लिए प्रकाश,
परीक्षा के लिए कृपा, ऊपर से मदद,
अमोघ सहानुभूति, अजर-अमर प्रेम।

भगवान् ने वादा नहीं किया है कि हम नहीं जानें
परिश्रम और प्रलोभन, मुसीबत और शोक;
उसने हमसे कहा कि हम सहन नहीं करेंगे
ढेर सारा बोझ, बहुत सारी देखभाल।

भगवान् ने चिकनी और चौड़ी सड़कों का वादा नहीं किया,
तेज, आसान यात्रा, बिना किसी मार्गदर्शक के;
चाहे जैसा भी पहाड़ हो, चट्टानी या खड़ा;
कैसी भी नदी हो, अशांत और गहरी।

—एनी जॉनसन फ्लिंट

मेरा संबंध किसी राष्ट्र, किसी सभ्यता, किसी समाज, किसी जाति से नहीं, बल्कि; ईश्वर से है। मैं किसी मालिक, किसी शासक, किसी कानून, किसी सामाजिक परंपरा को नहीं मानता; बल्कि सिर्फ ईश्वर को मानता हूँ। मैंने उसके लिए सबकुछ, इच्छा, जीवन और अपना स्वयं का समर्पण कर दिया है; मैं उसके लिए अपने शरीर का सारा खून खुशी-खुशी देने को तैयार हूँ, अगर ऐसी उसकी इच्छा है तो; और उसकी सेवा में बलिदान कुछ भी नहीं है, यह सबके लिए उत्तम आनंद है।

—*'द मदर : द स्टोरी ऑफ हर लाइफ'*, **जॉर्ज वेन ब्रेखम**

मेरी प्रार्थना है

This is My Prayer to Thee

मेरी यह प्रार्थना है आपसे, हे मेरे प्रभु! प्रहार कीजिए, प्रहार कीजिए, आप मेरे हृदय के दारिद्र्य के मूल पर।
मुझको सुख और दु:ख दोनों में सहज रह सकने की शक्ति दीजिए।
मुझको शक्ति दीजिए कि मेरा प्रेम सेवा में फलीभूत हो सके।
मुझको शक्ति दीजिए कि मैं निर्धनों से कभी मुँह न मोड़ूँ और असभ्य ताकतों के सामने कभी न झुकूँ।
मुझको शक्ति दीजिए कि मैं रोज की छोटी-छोटी बातों से ऊपर उठ सकूँ।
और मुझको शक्ति दीजिए कि मैं अपनी शक्ति को आपकी इच्छा में सप्रेम समर्पित कर सकूँ।

—रवींद्रनाथ टैगोर

पैराडाइज लॉस्ट (एक अंश)
Paradise Lost (an extract)

क्या होगा, अगर सूर्य
विश्व और अन्य सितारों के लिए केंद्र बने,
उनके आकर्षक गुण और उनके अपने द्वारा
बढ़े, उसके बारे में विभिन्न दौर का नृत्य?
उनका भटकना, अब ऊँचा, अब नीचा, फिर छिप गया,
प्रगतिशील, प्रतिगामी या अभी भी खड़ा है,
सिक्स में सीस्ट और क्या, अगर इनसे सातवें
पृथ्वी ग्रह, इतना स्थिर हालाँकि वह लगता है,
असंवेदनशील तीन अलग-अलग गति से चलते हैं?
जो आपको कई क्षेत्रों में जाना चाहिए,
थोड़े तिरछेपन के साथ, इसके विपरीत,
या सूर्य को उसका श्रम बचाओ और वह तेज
रात्रिचर और दिव्य रौम्ब माना जाता है,
अदृश्य सभी तारों के ऊपर, पहिया
दिन और रात का, जिसे उन्हें विश्वास की आवश्यकता नहीं है,
यदि पृथ्वी खुद के लिए मेहनती है,
पूर्व की ओर यात्रा और उसके भाग्य के साथ
सूर्य की किरण से रात, उसके दूसरे भाग्य से मिलते हैं
फिर भी उसकी किरण से प्रकाशमान। क्या होगा, अगर वह प्रकाश

चौड़ी हवा के माध्यम से उससे भेजा गया,
स्थलीय चंद्रमा के लिए एक तारे के रूप में,
दिन के हिसाब से उसे प्रबुद्ध करना, जैसे वह रात को
यह पृथ्वी–पारस्परिक है, यदि भूमि हो,
क्षेत्र और निवासी ? उसके धब्बों को आप एक बार देखो
बादलों के रूप में और बादल बरस सकते हैं और बारिश का उत्पादन हो सकता है,
कुछ खाने के लिए, उसकी नरम मिट्टी में फल
वहाँ आवंटित किया गया और अन्य सूर्य, शायद,
अपने परिचारक चंद्रमा के साथ, तू उजाड़ना चाहता है,
नर और मादा प्रकाश का संचार—जो दुनिया को चेतन करने के लिए महान् सेक्स करता है,
प्रत्येक ओर्ब में संगृहीत कुछ के साथ शायद रहते हैं।
प्रकृति में ऐसे विशाल कमरे के लिए अप्रकाशित है
जीवात्मा, मरुस्थल और उजाड़ होकर,
केवल चमकने के लिए, फिर भी बधाई देने के लिए दुर्लभ
प्रत्येक ओर्ब प्रकाश की एक झलक, अब तक व्यक्त किया
इस रहने योग्य के नीचे, जो लौटता है
उनके पास वापस प्रकाश, विवाद करने के लिए स्पष्ट है।
लेकिन इस प्रकार ये चीजें या नहीं—चाहे सूर्य, स्वर्ग में प्रमुख,
सूर्य पर पृथ्वी या पृथ्वी पर उदय
वह पूरब से अपनी धधकती सड़क से शुरू होता है,
या वह पश्चिम से अपने चुप पाठ्यक्रम अग्रिम
गतिहीन गति के साथ जो कताई सोती है
उसकी नरम धुरी पर, जबकि वह भी पेस,
और आपको चिकनी हवा के साथ नरम भालू—
मामलों के साथ अपने विचारों को नहीं छुपाया—

उन्हें ईश्वर के ऊपर छोड़ दें, उसकी सेवा करें और डरें।
अन्य प्राणियों के रूप में वह सबसे अच्छा है,
जहाँ भी रखा, उसे निपटाने दो, आनंद तुम
वह तुम्हें क्या देता है, यह स्वर्ग
और तुम्हारा निष्पक्ष ईवय स्वर्ग तुम्हारे लिए बहुत ऊँचा है,
यह जानने के लिए कि वहाँ क्या होता है। नीच समझदार होय
केवल वही सोचो, जो तुम्हें और तुम्हारे होने को चिंतित करता है,
अन्य दुनिया के लिए सपना नहीं है, वहाँ क्या जीव
जीते हैं, किस अवस्था, स्थिति या पतन में—
संतुष्ट है कि इस प्रकार अब तक पता चला है
केवल पृथ्वी का नहीं, बल्कि सर्वोच्च स्वर्ग का।

—जॉन मिल्टन

मुझे प्रतीत होता है कि इस संसार में हम कहाँ खड़े हैं, यह इतना महत्त्वपूर्ण नहीं है; बल्कि हम किस दिशा में आगे बढ़ रहे हैं, यह अधिक महत्त्वपूर्ण है। स्वर्ग के द्वार पर पहुँचने के लिए हमें कई बार लहरों के साथ तैरना चाहिए और कई बार उनकी विपरीत दिशा में; लेकिन हमें बह जाने और लंगर पर टिक जाने के बनिस्पत तैरना जरूर चाहिए।

—'द ऑटोक्रेट ऑफ द ब्रेकफास्ट टेबल', ओलिवर वेंडेल होम्स

मैं अपने सामने मौजूद युवा पुरुषों व स्त्रियों से कहना चाहूँगा कि कभी भी आशा और साहस का दामन न छोड़ें। किसी भी विरोधाभास के डर के बिना मैं यह दावा कर सकता हूँ कि भारतीय मस्तिष्क की गुणवत्ता किसी भी ट्यूटनिक, नॉर्डिक या एंग्लो-सैक्सन दिमाग की गुणवत्ता के बराबर है। हमारे पास जो कमी है, वह शायद साहस की है।...हमें जीत की भावना की आवश्यकता है—एक ऐसी भावना, जो हमें सूरज के नीचे हमारी सही जगह तक ले जाएगी; एक आत्मा, जो यह पहचान लेगी कि हम एक गर्वित सभ्यता के उत्तराधिकारी के रूप में इस ग्रह पर एक सही स्थान के हकदार हैं।

—*सी.वी. रमन*

तैयारी
Preparedness

अपने सभी दिनों के लिए तैयार रहें,
और उनसे कभी एक जैसे मिलते हैं—
जब आप निहाई हो तो सहन करो—
जब आप हथौड़ा हो तो प्रहार करो।

—एडविन मार्खम

अवसर
Opportunity

वे मुझे गलत करते हैं, जो कहते हैं कि मैं और नहीं आता हूँ,
जब एक बार मैं खटखटाऊँ और तुम्हें ढूँढ़ने में असफल रहूँ;
हर दिन के लिए मैं आपके दरवाजे के बाहर खड़ा रहता हूँ
और बोला तुम जागो और लड़ने तथा जीतने के लिए उठो।

कीमती अवसरों के लिए नहीं निधन!
वेन पर सुनहरे युग के लिए रोना नहीं!
हर रात मैं दिन का रिकॉर्ड जलाता हूँ—
सूर्योदय के समय हर आत्मा फिर से जन्म लेती है!

क्या तू तेरी खोई हुई जवानी को पूरी तरह देखता है?
धर्म प्रतिशोध के धक्के से रील?
फिर अतीत के धुँधले अभिलेखों से मुड़ें
और भविष्य के पन्नों को बर्फ की तरह सफेद पाते हैं।

आप एक शोक संतान हैं? तेरा मंत्र से तुम पर भरोसा करो;
आप एक पापी हैं? पापों को क्षमा किया जा सकता है;
प्रत्येक सुबह तुम्हें नरक से भागने के लिए पंख देता है,
प्रत्येक रात स्वर्ग में अपने पैरों का मार्गदर्शन करने के लिए एक सितारा।

वैभव पर एक लड़के की तरह हँसो, जिसने जासूसी की है,
गायब हो गए खुशियों के लिए अंधे व बहरे और गूँगे हो;
मेरे निर्णय मृतक को उसके मृत अतीत के साथ सील करते हैं,
लेकिन कभी एक पल को भी बाँधना नहीं आता है।

हालाँकि गहरे में, अपने हाथों से नहीं रोना
मैं अपना हाथ सभी को उधार देता हूँ, जो कहता है, 'मैं कर सकता हूँ!'
कोई शर्म-हया, सामनेवाला कभी इतना गहरा नहीं निकला,
लेकिन फिर भी उठ सकता है और फिर से एक आदमी हो सकता है!

—वाल्टर मैलोन

संत फ्रांसिस की प्रार्थना
The Prayer of Saint Francis

हे प्रभु! मुझको अपनी शांति का साधन बना लो।
जहाँ घृणा हो, वहाँ मैं प्रीति भर दूँ;
जहाँ आघात हो, वहाँ क्षमा भर दूँ और
जहाँ शंका हो, वहाँ विश्वास भर दूँ।

मुझे ऐसा वर दो
कि जहाँ निराशा हो, मैं आशा जगा दूँ;
जहाँ अंधकार हो, वहाँ ज्योति जगा दूँ और
जहाँ खिन्नता हो, हर्ष भर दूँ।
ओ स्वामी! मुझको यह वर दो कि मैं सांत्वना
पाने की आशा न करूँ, सांत्वना देता रहूँ।

समझा जाने की आशा न करूँ, समझता ही रहूँ।
प्यार पाने की आशा न रखूँ, प्यार देता ही रहूँ।
त्याग के द्वारा ही प्राप्ति होती है।
क्षमा के द्वारा ही क्षमा मिलती है।
मृत्यु के द्वारा ही अनंत जीवन मिलता है।

—असीसी के संत फ्रांसिस

इस प्रकार, धार्मिक व्यक्ति वास्तव में वह व्यक्ति नहीं है, जो चोगा या लँगोटी पहनता है, जो दिन में एक बार भोजन करता है, जिसने विधि-निषेध के अनगिनत व्रत ले रखे हैं। धार्मिक व्यक्ति वह है, जो अंतर में सरल है, जो कुछ बनने की फिराक में नहीं है। ऐसे मन में असाधारण ग्रहणशीलता होती है, क्योंकि वहाँ कोई अवरोध नहीं है, कोई भय नहीं है, किसी लक्ष्य की ओर बढ़ना नहीं है। अतः ऐसा मन अनुकंपा को, ईश्वर को, सत्य को या जो भी नाम आप दें, उसे ग्रहण करने में सक्षम होता है।

—द फर्स्ट एंड लास्ट फ्रीडम, जिद्दू कृष्णमूर्ति

12

मेरी यात्रा में बड़ा समय लगता है और उसका मार्ग लंबा है।

मैं यात्रा के लिए प्रकाश की प्रथम किरण के रथ पर निकला था। ग्रहों और तारों में, लोक और लोकांतरों में, वनों और पर्वतों में घूम-फिरकर मैं अपने भ्रमण के चिह्न छोड़ आया हूँ।

सबसे अधिक दूरी का मार्ग ही तुम्हारे सबसे निकट आ जाता है और यह शिक्षा सबसे अधिक विषम या गूढ़ है, जिसके द्वारा अत्यंत सरल स्वर निकाला जा सकता है।

यात्री को अपने द्वार पर पहुँचने के लिए प्रत्येक पराए द्वार को खटखटाना पड़ता है।

मेरे नेत्र दूर और निकट—सब कहीं भटके, तत्पश्चात् मैंने उन्हें भींचकर कहा, 'तुम कहाँ विराजमान हो ?'

13

जिस गीत को मैं गाने के लिए आया था, वह आज तक नहीं गाया गया।

मैंने अपने दिन अपने बाजे के तारों को ठीक करने में व्यतीत कर दिए।

ताल ठीक न हो पाया और शब्द भी ठीक न बैठे, मेरे हृदय में केवल अभिलाषा की यंत्रणा विद्यमान है।

कली नहीं खिली है, केवल उसके समीप आहें भर रही है।

मैंने उसका मुख नहीं देखा है और न ही उनका कंठ-स्वर ध्यान से सुना है, मैंने तो घर के सामनेवाली सड़क से उसके चरणारविंद की आहट मात्र सुन पाई है।

सारा दिन आसन बिछाने में बीत गया, किंतु दीपक नहीं जलाया गया; कहाँ, अब उनको घर में कैसे बुलाऊँ?

मैं उनसे मिलने की आशा में जी रहा हूँ, परंतु अब तक भेंट नहीं हुई।

14

मेरी कामनाएँ अनेक हैं और मेरी पुकार करुणाजनक है; किंतु कठोर अस्वीकारों के द्वारा तुमने मुझे सदा बचाया है; तुम्हारी यह प्रबल करुणा मेरे जीवन में ओत-प्रोत हो रही है।

अत्यधिक कामना के संकटों से बचाकर दिन-प्रतिदिन तुम मुझे उन साधारण महादानों के योग्य बना रहे हो, जो तुमने मुझे बिना माँगे दिए थे; जैसे यह आकाश, प्रकाश, तन, मन और प्राण।

कभी-कभी मैं आलस्य से पीछे रह जाता हूँ और फिर जब जागता हूँ तो अपने लक्ष्य की तलाश में दौड़ पड़ता हूँ; किंतु तुम निष्ठुरता से अपने आप को छिपा लेते हो।

निर्बल एवं अनिश्चित कामनाओं के संकटों से बचाकर अस्वीकारों द्वारा तुम मुझे अपनी पूर्ण स्वीकृति के योग्य बना रहे हो।

16

इस जगत् के उत्सव में मुझे निमंत्रण प्राप्त हुआ और

इस प्रकार मेरा जीवन सफल हुआ है। मेरे नेत्र देख चुके हैं और मेरे श्रवण सुन चुके हैं।

इस उत्सव में वीणा बजाने का कार्य मुझे दिया गया था; मुझसे जो कुछ हो सका, मैंने किया।

मैं पूछता हूँ कि क्या अंत में अब वह समय आ गया है कि अंदर आकर तुम्हारे मुखारविंद के दर्शन करूँ और अपने नीरव नमस्कार तुम्हें समर्पित करूँ?

—'गीतांजलि', रवींद्रनाथ टैगोर

चूँकि हम पुरुषों को वे जहाँ हैं, उसके आधार पर मानते व रखते हैं और उन्हें उसी आधार पर महत्त्व देते हैं तथा यह नहीं पूछते कि वे उधर कैसे? जब हम पुरुष को पिता का प्रेम बनते देखते हैं, पुत्र की कीमत, पवित्र आत्मा का मंदिर, ईश्वर के हाथ पर बना चिह्न, भगवान् की आँख का तारा, बिल्कुल स्पष्ट रूप से हम पुरुष का संहार नहीं कर सकते, हटा नहीं सकते, वाष्पीकृत नहीं कर सकते, न पुरुष को लघुता तक शांत कर सकते हैं। घमंड के लिए, इस पाठ की तुच्छता के लिए, निश्चित है कि सभी पुरुष, चाहे उच्च हों या निम्न, घमंड से हलके हैं; क्योंकि मनुष्य न केवल एक सहयोगी प्राणी है, बल्कि एक संपूर्ण प्राणी है। वह केवल एक ही नहीं बनाता है, बल्कि वह समस्त है; वह दुनिया का एक टुकड़ा नहीं है, बल्कि खुद पूरी दुनिया है; और ईश्वर की महिमा के बाद वही एक वजह है, जिसके चलते दुनिया है।

लेकिन हमें यहाँ इस विचार को निर्धारित नहीं करना चाहिए कि पुरुष कुछ है, एक महान् वस्तु है, एक महान् प्राणी है। अगर हम उसे उसके अंत का हवाला देते हैं, भगवान् में उसकी रुचि के लिए, स्वर्ग में उसके लौटने के लिए; लेकिन जब हम अपने तरीके से पुरुष पर विचार करते हैं तो पुरुष के बीच पुरुष, पुरुष कुछ भी नहीं है, पुरुष की सहायता करने में असमर्थ नहीं है, पुरुष पर निर्भर होने के लिए अयोग्य नहीं है; क्योंकि उस संबंध में भी भगवान् ने होमिनेम, होमिनी देउम को बनाया। उसने अपने पुनर्जन्म की प्राप्ति के लिए और उसके उद्धार के लिए, आगे बढ़ने के लिए एक आदमी को दूसरे के लिए भगवान् के कार्यों को करने में सक्षम बनाया; जैसा कि वे कहते हैं, रक्षक माउंट सायन पर आएँगे, जो चर्च है।

—जॉन डोने

क्रॉसिंग द बार
Crossing the Bar

सूरज ढल चुका है,
शाम का तारा आ चुका है,
वहाँ पर शायद मौत की कोई उदासी नहीं होगी,
जब मैं समुद्र की यात्रा करूँगा।

मैं चाहता हूँ कि एक ऐसी लहर मुझे लेने आए,
जो बहुत ही बड़ी और भरी हुई हो—बिना आवाज करे चले।
मैं यह चाहता हूँ कि जब मेरी मृत्यु हो
और मैं गहराइयों में अपने घर वापस लौटूँ।
शाम आ गई है और संध्या की घंटियाँ बजने लगी हैं
और उसके पीछे-पीछे अँधेरा भी आ गया है।
मैं नहीं चाहता कि दुःख भरी विदाई हो,
जब मैं उस जहाज पर चढ़ूँ।

हालाँकि मैं इस स्थान और समय की पहुँच से दूर चला जाऊँगा।
यह लहर मुझे बहाकर दूर तक ले जाएगी।
मुझे अपने इस सफर के पायलट ईश्वर से मिलने की पूरी उम्मीद है,
जब मैं इस बार को पार करूँगा।

—अल्फ्रेड लॉर्ड टेनीसन

द स्कॉलर जिप्सी (एक अंश)
The Scholar Gipsy (an extract)

स्कॉलर जिप्सी सामान्य जन के समान नहीं जिया है, इसलिए वह सामान्य जन की भाँति मृत्यु को प्राप्त नहीं हो सकता। उद्देश्य के एकत्व के कारण स्कॉलर जिप्सी अवसान या विनाश होने से बच गया है। उसका एक लक्ष्य था, एक कार्य था, एक इच्छा थी। इस एकत्व ने स्कॉलर को बचा लिया है, अन्यथा सामान्य जन की भाँति वह भी विनष्ट हो गया होता। यदि उसने सामान्य जन के मार्ग का अनुसरण किया होता तो अन्य व्यक्तियों की भाँति उसका उत्साह एवं शक्ति समाप्त हो गई होती। उसके समकालीन लोगों की पीढ़ियाँ जा चुकी हैं और नष्ट हो चुकी हैं और हम भी चले जाएँगे। हमारी योजनाएँ और उद्देश्य नष्ट हो जाएँगे, क्योंकि वे अत्यधिक हैं और परिवर्तनशील हैं; किंतु स्कॉलर जिप्सी की सरलता और उसके लक्ष्य के एकत्व से हमें विश्वास होता है कि वह हमारी तरह नष्ट नहीं होगा। जिस प्रकार वह ग्लैनविल की पुस्तक के पृष्ठों पर जीवित है, उसी प्रकार सदा जीवित रहेगा; क्योंकि उसमें जो गुण थे, वे हम में नहीं हैं।

हम में ओजस्वी आस्था या निर्धारित धारणा नहीं है, जबकि स्कॉलर जिप्सी ने सदैव अपने लक्ष्य की पूर्ति के लिए आशापूर्वक प्रतीक्षा की। उसका लक्ष्य दृढ़, निश्चित तथा एक ही था। स्कॉलर ने जिन शक्तियों के साथ शीघ्र ही संसार का परित्याग कर दिया, वे नवीन थीं और संसार के भोग एवं भौतिक विलास से प्रदूषित नहीं हुई थीं। उसका लक्ष्य दृढ़ था। उसने अपनी शक्ति का व्यय अन्य वस्तुओं पर नहीं किया। वह बीमार कर देनेवाली थकान और शिथिल संदेह से मुक्त था, जिन्होंने कवि के युग के पुरुषों को थका दिया था और चकरा दिया

था। उसका जीवन हमारे जीवन के समान बिल्कुल नहीं था। हममें स्थिरता नहीं है, न हमारी अवधि है, न कार्यक्षेत्र है और न ही लक्ष्य है। जिसे हम नहीं जानते, उसके लिए हम प्रयत्न करते रहते हैं। हमारा जीवन मानो अंधकार में टटोलना है। हम आधा जीवन जीते हैं। वह कभी पूर्ण जीवन नहीं होता। उसमें लक्ष्य एवं संकल्प निश्चित नहीं होते। हम भी स्कॉलर की तरह प्रतीक्षा करते हैं, किंतु उसकी तरह आशा के साथ नहीं।

स्कॉलर जिप्सी आकाश से आनेवाली ज्ञान की चिनगारी की प्रतीक्षा करता है, जबकि हम अपने अनियमित मतों के हलके अर्ध-विश्वासी हैं; कभी गहराई से अनुभव नहीं करते, न स्पष्टत: कामना करते हैं। हमारी अंतर्दृष्टि का फल कभी कर्म नहीं हुआ; हमारे अस्पष्ट निर्णयों की कभी पूर्ति नहीं हुई; हमारा प्रत्येक नव वर्ष नई कुंठा एवं निराशा लेकर आता है। हमारे विश्वास अनिश्चित हैं, क्योंकि वे अत्यंत अनियमित रूप से बनते हैं। हिचकिचाहट हमारे जीवन का अभिशाप है और हम अपने जीवन को इसी हिचकिचाहट में गँवा देते हैं। इस प्रकार, हमने आज जो पाया है, उसे कल खो देते हैं। फिर भी क्या हम भी स्कॉलर की तरह दैवीय चिनगारी की प्रतीक्षा नहीं करते हैं?

हाँ, हम भी उस दैवीय चिनगारी की प्रतीक्षा करते हैं; किंतु भिन्न प्रकार से। चूँकि वह शीघ्रता से नहीं आती, इसलिए हम धैर्य खो बैठते हैं और तब भुगतते हैं। हममें एक ऐसा है, जिसने बौद्धिक सिंहासन पर आसन जमाया है। उसे विपत्ति का सामना करने का विशाल अनुभव है। उसका जीवन एवं अनुभव हमें उसकी उत्पत्ति, विकास और लक्षणों को बताते हैं। वे यह भी बताते हैं कि आशा की बुझती चिनगारी को कैसे पोषण दिया गया; कैसे हृदय एवं मस्तिष्क को सांत्वना दी गई और किस प्रकार भयंकर पीड़ा को दूर करने के लिए पल-पल पर भिन्न-भिन्न प्रकार की दर्दनाक औषधियाँ दी गईं।

—मैथ्यू अर्नोल्ड

यह भी दूर हो जाएगा

This, Too, Shall Pass Away

क्या तुम दुःख में हो, भाई? मैंने तुम्हारे आराम से रहने की प्रार्थना की।
तुम्हारा दुःख दूर हो जाएगा।
क्या तुम उल्लसित हो? आह, बहुत आनंद नहीं है;
अपने आनंद को शांत करो, यह भी गुजर जाएगा।
तुम खतरे में हो? फिर भी, कारण बताओ और आशा के लिए चिपके रहो—यह भी गुजर जाएगा।
तपस्वी हैं क्या? सभी पीड़ाओं में एक सत्य को हृदय से लगाओ—यह भी गुजर जाएगा।
बुलंद शान की किरणें तुम्हारे चारों ओर खेलती हैं?
तुम राजा के समान हो? यह भी चला जाएगा!
तुम जो भी हो, तुम्हारे चरण जहाँ भी पड़ें, इन बुद्धिमान शब्दों का ध्यान रखो—यह भी गुजर जाएगा।

—पॉल हैमिल्टन

यदि तुम सर्वज्ञ परमेश्वर के श्रीचरणों की पूजा नहीं करते हो तो तुम्हारी सारी विद्वत्ता किस काम की?

—अध्याय 1, श्लोक 2

धर्म से बढ़कर दूसरी और कोई नेकी नहीं तथा उसे भुला देने से बढ़कर दूसरी कोई और बुराई नहीं है।

—अध्याय 4, श्लोक 39

सत्कर्म करने में तुम निरंतर लगे रहो। अपनी पूरी शक्ति और पूर्ण उत्साह के साथ उन्हें करते रहो।

—अध्याय 4, श्लोक 40

—तिरुक्कुरल

□

कठिनाइयाँ

तुम्हारे बच्चे तुम्हारे बच्चे नहीं हैं;
वे तो जीवन की अपनी आकांक्षा के बेटे-बेटियाँ हैं।
वे तुम्हारे द्वारा आते हैं, लेकिन तुमसे नहीं;
वे तुम्हारे पास रहते हैं, लेकिन तुम्हारे नहीं।

तुम उन्हें अपना प्यार दे सकते हो, लेकिन अपनी सोच नहीं,
क्योंकि उनकी अपनी सोच होती है।

तुम उनके शरीरों को घर दे सकते हो, आत्माओं को नहीं;
क्योंकि उनकी आत्माएँ आनेवाले कल के घरों में रहती हैं,
जहाँ तुम नहीं जा सकते, सपनों में भी नहीं।

तुम उनके जैसा बनने की कोशिश कर सकते हो,
पर उन्हें अपने जैसा नहीं बना सकते;

क्योंकि जिंदगी पीछे नहीं जाती, न ही बीते कल से मिलती है।
तुम वह कमान हो, जिससे तुम्हारे बच्चे
जीवित तीरों की तरह छूटकर निकलते हैं।

तीर चलानेवाला निशाना साधता है एक असीमित राह पर
और अपनी शक्ति से तुम्हें जिधर चाहे, उधर मोड़ देता है,
ताकि उसका तीर तेजी से दूर जाए।

स्वयं को उस तीरंदाज की मरजी पर खुशी से मुड़ने दो,
क्योंकि वह उड़नेवाले तीर से प्यार करता है
और स्थिर कमान को भी चाहता है।

—द प्रोफेट, खलील जिब्रान

विवेकी व्यक्ति खुद को दुनिया के हिसाब से ढाल लेता है; अविवेकी व्यक्ति इस कोशिश में लगा रहता है कि दुनिया उसके हिसाब से ढल जाए। इसलिए सारा विकास अविवेकी व्यक्ति पर निर्भर करता है।

—मैन एंड सुपरमैन, जॉर्ज बर्नार्ड शॉ

किसी भी उपहार को स्वीकार करने में बहुत सावधानी बरतनी चाहिए। भले ही विद्वत्ता और सद्गुणों के चलते एक व्यक्ति उपहार स्वीकारने के लायक हो सकता है, लेकिन उसे कभी उपहारों का लोभ नहीं करना चाहिए, क्योंकि उपहार स्वीकार करने से उसके भीतर का दिव्य प्रकाश-पुंज हमेशा के लिए बुझ जाता है।

—मनुस्मृति

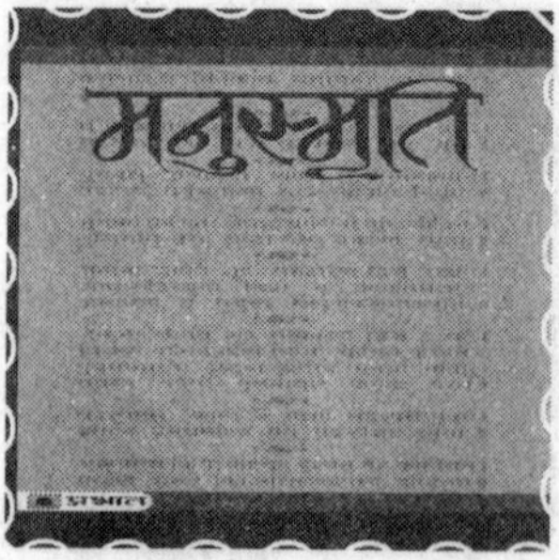

फरिश्ता अपने ज्ञान के कारण स्वतंत्र है,
पशु अपनी अज्ञानता के कारण,
इन दोनों के बीच मनुष्य का बच्चा संघर्ष करने के लिए रहता है।

—रूमी

क्या यह सच नहीं है कि हमारी शिक्षा में ढिलाई और नरमी आई है? क्या कठिन प्रयास महत्त्वपूर्ण है? विचार की दुनिया में किसी और तरीके से प्रवेश नहीं किया जा सकता है।

—द एवर-प्रेजेंट पास्ट, एडिथ हैमिल्टन

बीमारी एक व्यक्तिगत घटना है। इसमें व्यक्ति स्वयं शामिल होता है। जितनी तरह के मरीज होते हैं, उतनी ही तरह की बीमारियाँ भी होती हैं।

हालाँकि बड़ी संख्या में सिर्फ व्यक्तिगत पर्यवेक्षणों को संकलित करके चिकित्सा विज्ञान को बना लेना असंभव होता है। तथ्यों को कल्पना के चंगुल से निकालकर उनका वर्गीकरण और सरलीकरण किया जाना था। इस प्रकार, बीमारियों का जन्म हुआ और चिकित्सा-शास्त्र संबंधी आलेखों की रचना हो सकी। एक प्रकार के विज्ञान का निर्माण किया गया था—मुख्य तौर पर वर्णनात्मक, अल्प-विकसित, अपूर्ण; लेकिन सुविधाजनक, अनिश्चित रूप से पूर्णीय और सिखाने में आसान। दुर्भाग्य से हम इस नतीजे से संतुष्ट हो गए। हम यह नहीं जान पाए कि पैथोलॉजिकल इकाइयों का वर्णन करनेवाले आलेखों में सिर्फ बीमार लोगों की देखभाल करने वालों के लिए जरूरी जानकारी का हिस्सा मौजूद है। चिकित्सा ज्ञान को बीमारियों के ज्ञान से आगे निकलना चाहिए। एक चिकित्सक को मरीज को अपनी पुस्तकों में वर्णित उस बीमार व्यक्ति से अलग करके देखना होगा, जिसका उसे इलाज करना है; जिसका न सिर्फ अध्ययन किया जाना चाहिए, बल्कि इन सबके ऊपर उसे सहायता और प्रोत्साहन देते हुए बीमारी से निजात दिलवानी चाहिए। उसकी भूमिका बीमार व्यक्ति के व्यक्तित्व की विशेषताओं, रोगजनक कारकों के प्रति उनकी प्रतिरोधक क्षमता, दर्द के प्रति संवेदनशीलता, उनकी जैविक गतिविधियों के मूल्य, उनके अतीत और उनके भविष्य की खोज करना है। किसी भी व्यक्ति में बीमारी के परिणाम का पूर्वानुमान लगाना होता है और वह भी संभावनाओं की गणनाओं के जरिए नहीं, बल्कि उस व्यक्ति के जैविक, त्रिदोष संबंधी

और मनोवैज्ञानिक व्यक्तित्व के बिल्कुल सटीक विश्लेषण से। वास्तव में 'चिकित्सा', जब रोगों के अध्ययन तक ही सीमित होती है तो वह अपने ही शरीर के हिस्सों को काटकर फेंकती है।

—मैन द अननोन, एलेक्सिस कैरेल

मनुष्य के रूप में जन्म लेना विरल है;
बिना किसी विकृति के पैदा होना अभी भी विरल है।
भले ही आप बिना किसी विकृति के पैदा हुए हों,
ज्ञान और शिक्षा प्राप्त करना विरल है।
चाहे कोई ज्ञान और शिक्षा प्राप्त कर सके,
मानव जाति के लिए सेवा की पेशकश करना अभी भी विरल है,
और स्वयं को भूलकर इस पर चिंतन करें।
यदि कोई ऐसा निस्स्वार्थ दिव्य जीवन जीता है,
स्वर्ग के द्वार ऐसी पुण्य आत्मा के अभिवादन के लिए खुलते हैं।

—अव्वैयार

देखो, जिस मनुष्य का मन असत्य से अपवित्र नहीं है, वह सबके हृदय पर शासन करेगा।

—अध्याय 30, श्लोक 294

जिसका मन सत्यशीलता में निमग्न है, वह पुरुष तपस्वी से भी महान् और दानी से भी श्रेष्ठ है।

—अध्याय 30, श्लोक 295

शरीर की स्वच्छता का संबंध तो जल से है, परंतु मन की पवित्रता सत्य भाषण से सिद्ध होती है।

—अध्याय 30, श्लोक 298

मैंने संसार में बहुत सी वस्तुएँ देखी हैं, परंतु उनमें सत्य से बढ़कर उच्च और कोई वस्तु नहीं है।

—अध्याय 30, श्लोक 300

—तिरुक्कुरल

और तुम भी, नौजवान पाठक, अपने हृदय की परिकल्पनाओं को पाओगे, व्यर्थ इच्छा को नहीं, चाहे वह ओछी हो या सुंदर या फिर दोनों का मिश्रण; क्योंकि तुम सदा उसकी ओर खिंचे जाओगे, जिससे तुम गुप्त रूप से सबसे ज्यादा प्रेम करते हो। तुम्हारे हाथों में तुम्हारे अपने विचारों का फल मिलेगा, तुमने जो कमाया है, वह तुम पाओगे, न ज्यादा, न उससे कम। तुम्हारे वर्तमान का वातावरण चाहे जैसा भी क्यों न हो, तुम्हारे विचारों, तुम्हारी परिकल्पना, तुम्हारे आदर्श द्वारा तुम या तो वैसे ही रहोगे या गिरोगे या फिर उठोगे। तुम अपनी नियंत्रित इच्छाओं जितना छोटे बन जाओगे या तुम अपनी प्रबल अभिलाषाओं जैसे महान् बन जाओगे।

—*एज ए मैन थिंकेथ, जेम्स एलन*

इस संघर्ष में मेरा प्रमुख उद्‌देश्य संघ को बचाना है, न कि गुलामी को बचाना या उसे नष्ट करना। अगर मैं बिना किसी गुलाम को मुक्त करवाए इस संघ को बचा सकता हूँ तो मैं ऐसा करूँगा; और अगर मैं सभी गुलामों को मुक्त करवाकर इसे बचा सकता हूँ तो मैं ऐसा करूँगा और अगर मैं कुछ को मुक्त करवाकर और कुछ को अकेला छोड़कर ऐसा कर सकता हूँ, तो भी मैं ऐसा करूँगा। जब भी मुझे ऐसा प्रतीत होगा कि मेरा किया ध्येय को नुकसान पहुँचा रहा है, मैं कम करूँगा और जब मुझे प्रतीत होगा कि अधिक करना ध्येय के लिए मददगार साबित होगा तो मैं और करूँगा। मैं कमियों को सामने लाए जाने पर उन्हें ठीक करने का प्रयास करूँगा और मैं नए विचारों को इतनी तेजी से अपनाऊँगा कि वे सच्चे विचार प्रतीत होंगे।

—फ्रॉम स्लेवरी टू फ्रीडम, जॉन होप फ्रैंकलिन

झाड़ एवं पौधों को सींचने के लिए जो पानी दिया जाता है, उससे जिस प्रकार अच्छी बहार का पता लगता है, उसी प्रकार व्यक्ति का उत्साह उसके भाग्यशीलता का परिचायक है।

—अध्याय 60, श्लोक 595

...

तुम्हारा अपराधी कोई भी हो, पर उसके ऊपर कोप न करो; क्योंकि कोप से सैकड़ों अनर्थ पैदा होते हैं।

—अध्याय 31, श्लोक 303

...

यदि तुम अपना भला चाहते हो तो रोष से दूर रहो, क्योंकि दूर न रहोगे तो वह तुम्हें आ दबोचेगा और तुम्हारा सर्वनाश कर डालेगा।

—अध्याय 31, श्लोक 305

—तिरुक्कुरल

आइए, हम अर्थव्यवस्था का अर्थ जानें! जब इसका उद्देश्य भव्य होता है, तब अर्थव्यवस्था एक उच्च, मानवीय, एक धार्मिक अनुष्ठान है; जब इसका प्रयोग स्वतंत्रता या प्रेम या भक्ति के लिए होता है तो यह सरल स्वाद की विवेकशीलता है। हम लोग घरों में आमतौर पर जो अर्थव्यवस्था देखते हैं, वह आधार मूल की होती है और नजरों से दूर ही रहती है। आज मैं भुनी हुई मकई खा रहा हूँ और रविवार को मेरे रात के खाने में भुनी हुई मुरगी हो सकती है। आधार है, लेकिन भुनी हुई मकई और अपार्टमेंटवाला एक घर, जो कि मैं सभी उद्विग्नताओं से मुक्त हो सकता हूँ कि मेरा मन जो भी बोले, मैं शांत व विनम्र हो सकता हूँ और ज्ञान या सद्भावना के निम्नतम मिशन के लिए मजाकिया हो सकता हूँ, देवताओं और नायकों के लिए मितव्ययिता है।

क्या हम स्वयं-सहायता का पाठ नहीं सीख सकते? समाज ऐसे अशक्त लोगों से भरा हुआ है, जो लगातार दूसरों को अपनी सेवा करने के लिए बुलाते हैं। वे अपने आराम के लिए विलासिता के उस प्रत्येक साधन को पाने के लिए प्रयासरत रहते हैं, जिसे हमारे आविष्कार अब तक खोज पाए हैं। सोफा, तख्त, स्टोव, लड़नेवाले पक्षी, मसाले, इत्र, सवारी, थिएटर, मनोरंजन—उन्हें यह सब चाहिए। इसकी उन्हें आवश्यकता है और इसके अलावा इससे अधिक जो कुछ भी उन्हें सुझाया जाए, वे उसके लिए भी तरसते हैं; जैसे कि वह रोटी का एक टुकड़ा हो, जिसके बिना वे भूखे मर जाएँगे—और अगर गलती से वे इनमें से एक को भी पाने में असफल रहें तो वे स्वयं को ऐसा प्रदर्शित करेंगे, जैसे वे पूरी दुनिया में सबसे अपकृत और सबसे अधिक पीड़ित व्यक्ति हैं। उनके चतुर पेट के लिए खाना बनाने का तरीका जानने को किसी को भी उनके साथ पैदा

और पला-बढ़ा होना चाहिए। इस बीच वे अपनी तरफ से कभी भी किसी अन्य व्यक्ति की सेवा करने का प्रयास नहीं करते हैं; बिल्कुल नहीं! उनके पास दूसरों के लिए कुछ करने के मुकाबले अपने लिए करने को काफी कुछ है; न ही वे एक बार भी अपने जीवन के क्रूर मजाक को समझने का प्रयास करते हैं। लेकिन वे जितने अधिक घृणास्पद होते जाते हैं, उनकी शिकायत और लालसा का स्वर भी उतना ही तेज होता जाता है। क्या अपने लिए कुछ पाने की लालसा और अपनी ही सेवा करना इतना शिष्ट हो सकता है कि वे हमेशा दूसरों से कुछ हड़पने की सोचने के बजाय अपने पास मौजूद फालतू को दूसरों को देने की सोचें? दूसरों से भरपूर लेने के मुकाबले अपनी स्वयं की जरूरतों का जवाब तलाशना अधिक बेहतर है। हो सकता है कि यह अभी कुछ लोगों को असभ्य लगे, लेकिन यह हमेशा के लिए और सबके लिए शिष्ट है।

—राल्फ वाल्डो इमर्सन

यदि विज्ञान में जानकारी की मात्रा हर नौ महीने में दोगुनी हो जाए और प्रतिवर्ष 30 प्रतिशत क्षय हो जाए तो किसी की विशेषज्ञता कितनी देर तक रहेगी? अपने ज्ञान के आधार को लगातार अपडेट किए बिना आप केवल पाँच वर्षों के भीतर अपने तकनीकी ज्ञान के 15 प्रतिशत पर आ सकते हैं; हालाँकि जब आप किसी भी चीज के बारे में गूगल कर सकते हैं तो ज्ञान धारण करने के मुकाबले ज्ञान-प्राप्ति अधिक महत्त्वपूर्ण हो जाती है।

—रूकी स्मार्ट्स, लिज वाइजमैन

एक डॉक्टर की जीवन एवं मृत्यु की कहानी
A Doctor's Story of Life and Death

हर कोई रोग-मुक्त जीवन जीना चाहता है। कोई भी बीमारी हमारे भीतर सबसे पहले मौत के डर को जन्म देती है; हालाँकि अधिकांश लोगों के लिए मृत्यु एक गुप्त रहस्य बनी हुई है। हम बड़े जबरदस्त तरीके से उन उत्कंठाओं के प्रति आकर्षित होते हैं, जिन्हें हम सबसे अधिक डरावना पाते हैं। जीवन एवं मृत्यु से जूझते हुए मृत्यु शय्या पर पड़े अपने प्रियजन के आसपास खड़े व्यक्ति मृत्यु के खतरे को जिस तरह से महसूस करता है, वह किसी के भी जीवन में आनेवाले अनुभव की तुलना में कहीं अधिक भावनात्मक है। हममें से बहुत कम, जिनमें चिकित्सकीय पेशे में शामिल लोग भी हैं, मनोवैज्ञानिक रूप से अपनी स्वयं की मृत्यु की स्थिति का सामना करने में सक्षम हैं। स्थायी बेहोशी का विचार मात्र ही सोचने में बहुत अधिक डरावना लगता है।

मैं इस पूरे ब्रह्मांड में मौजूद किसी अन्य चीज की तुलना में मानव जीवन को लेकर अधिक चिंतित हूँ और मेरे लिए एक सितारा कैसे मरता है, उसकी तुलना में एक मानव कैसे जीता है, यह अधिक आकर्षक है। यदि ईश्वर मौजूद है तो वह हममें से प्रत्येक के सृजन में उतना ही मौजूद है, जितना वह इस धरती के सृजन के समय था। मानवीय स्थिति वह रहस्य है, जो मेरे आकर्षण को बढ़ाती है, न कि समाज, देश, मानवता तथा बाकी और कुछ। मेरे लिए मनुष्य ही ईश्वर है, हर चीज का केंद्र। जो सबसे अधिक पाते हैं—पैसा, बुद्धिमत्ता, कौशल, खुशी, प्रेम में मापा जानेवाला—वे हैं, जो अपनी आनुवंशिक विरासत का सबसे अधिक लाभ उठाते हैं। यहाँ तक कि एक जैसे दिखनेवाले जुड़वाँ

भी, जो बिल्कुल समान जीन साझा करते हैं, एक-दूसरे से अलग निकलते हैं। हम अपनी पूर्ण क्षमता तक पहुँचेंगे या नहीं, यह कई कारकों पर निर्भर करता है; लेकिन हम अपनी विशिष्ट विशेषताओं और क्षमताओं के साथ अद्वितीय व्यक्तियों के रूप में पैदा होते हैं। हम में से प्रत्येक में एक अंतर्निहित दोष भी है, जो हमारे जीवन के किसी भी बिंदु पर एक गंभीर अधमता के रूप में बदल जाने की क्षमता रखता है। चाहे वह बीमारी में तब्दील हो या कितनी दूर हो, सब अनूठा है।

मैं आधी से भी अधिक सदी तक मृत्यु की निकटता के आगोश में रहा हूँ और मैंने इस दौरान लोगों को प्रस्थान करने के लिए हजारों दरवाजों को खुलते हुए देखा है। मैं अपने जीवन के आठवें दशक में हूँ। इस बात का पूर्वानुमान किसी भी तरीके से नहीं लगाया जा सकता कि यह मेरा अंतिम दशक है या अभी और वर्ष बाकी हैं। मैं अच्छा स्वास्थ्य बनाए रखता हूँ; लेकिन एक बीमारी को दूर रखने के अलावा अच्छा स्वास्थ्य और किसी चीज की गारंटी नहीं है। मुझे अपने जीवन, जिसका तात्पर्य मेरी मृत्यु से है, को लेकर सिर्फ एक निश्चिंतता उन इच्छाओं में से है, जो हम सभी के मस्तिष्क में रहती है; मैं बिना कष्ट के प्रस्थान करना चाहता हूँ। दुनिया में ऐसे भी लोग हैं, जो जल्दी मरना चाहते हैं—शायद तात्क्षणिक हड़बड़ी के साथ, शायद नींद में सोते समय। कुछ ऐसे भी हैं, जो आराम से पीड़ा-रहित बीमारी के बाद इस दुनिया को अलविदा कहना चाहते है; बस, उन्हें इतना समय चाहिए कि जब उनका जाने का समय हो तो उन्हें प्रेम करनेवाले उनके पास मौजूद हों। मुझे लगता है कि मैं पहली श्रेणीवालों में आता हूँ। मैं मौत के आने से पहले मरने में विश्वास रखता हूँ। मेरे भीतर की दुनिया पहले मर जानी चाहिए। उसके बाद उसके भीतर मौजूद मैं मरूँ, ताकि चुपचाप पीछे देखते हुए मैं देवत्व में विलीन हो सकूँ—

मेरे भीतर एक ज्वाला है, जो जलती रहती है
स्थिर, सालों की धुंध से अविकल,
न प्यार और न हँसी, आशा और न ही डर का पता

न बुरे की मूर्ख धड़कन, न अच्छे की मदिरा।

लगता है कि चितावाली हवाओं की छाया नहीं है,

दिशा बदलनेवाली लहर की कोई आवाज मुझे सुनाई नहीं देती,

मैं न तो जोश का, न ही आँसुओं का कोई विचार बुन पाता हूँ।

दुर्भाग्य से, मैं जो आशा करता हूँ, वह वो नहीं है, जिसकी मैं उम्मीद करता हूँ। मैंने इसकी राह को रोकने की तैयारियों को नजरअंदाज करते हुए कई मौतें देखी हैं। शायद मैं भी कई अन्य लोगों की तरह शारीरिक व भावनात्मक व्याधियों से पीड़ित हूँ, जो अपने साथ कई जानलेवा बीमारियों को लेकर चलती हैं। अपने कई मरीजों की तरह मैं भी अनिर्णय की पीड़ा के कारण अपने पिछले महीनों की पीड़ा की अनिश्चितता को कम कर सकता हूँ। किसी चिकित्सक के लिए यह फैसला लेना काफी मुश्किल है कि इलाज जारी रखा जाए या फिर हार मान ली जाए? एक मरीज के लिए तो यह तय करना और भी अधिक मुश्किल है कि क्या उसे और समय की संभावना के चलते इलाज जारी रखना है या फिर इसे जीवन का अंतिम दिन मान लिया जाए? जैसा रमण महर्षि का कहना है—दवाओं का पर्वत!

अरुणाचला!

भ्रम की स्थिति को

दूर करते हुए

दवा देने में क्यों हिचक रहे हो?

मुझे भविष्य का कोई डर नहीं है, क्योंकि मैं पूरी तरह से आश्वस्त हूँ कि जिन स्थितियों से मैं घबराया हुआ हूँ, वे संभावित हैं। मैं भगवान् का काम कर रहा हूँ। मैं उनकी इच्छा के केंद्र में चल रहा हूँ। वह मेरा नेतृत्व कर रहे हैं। मैं उनका पीछा कर रहा हूँ। वह मेरा मार्गदर्शन कर रहे हैं। मैं उनके चुने हुए फैसले कर रहा हूँ। जब वह मुझसे परे होते हैं तो वह मुझे जिम्मेदारी से मुक्त

करते हैं और वह जानते हैं कि वह कब और कहाँ हैं! ईश्वर में विश्वास और जन्मजात अच्छाई यहाँ से अनंत काल तक सही मार्ग प्रदान करती है।

—के. सुब्बाराव, अरुण के. तिवारी के साथ

पुरुषों को उन लोगों में विभाजित किया जाता है, जो खुद पर ध्यान देते हैं और समझते हैं, जो चेतावनी उसके निर्देश के अलावा कुछ भी नहीं समझते हैं और जो न उससे लाभान्वित होते हैं, पृथ्वी की छाती के फटने की तरह है, जहाँ पानी इकट्ठा होता है और तब तक बढ़ता है, जब तक यह फट नहीं जाता—जीवित जल के झरनों में, जहाँ पानी इकट्ठा होता है; लेकिन खुदाई के बिना नहीं पहुँचा जा सकता है और उन भागों में पहुँच सकता है, जहाँ खुदाई नहीं होती है।

—द बुक ऑफ नॉलेज, गज्जाली

प्रत्येक व्यक्ति की शिक्षा में एक ऐसा समय आता है, जब वह इस नतीजे पर पहुँचता है कि ईर्ष्या अज्ञानता है, नकल करना आत्महत्या है, उसे स्वयं के बेहतर के लिए, बदतर के लिए अपने हिस्से के रूप में स्वीकारना चाहिए; हालाँकि समूचा ब्रह्मांड अच्छाइयों से भरा हुआ है, लेकिन पौष्टिक मक्के का एक भी दाना उसके पास नहीं आ सकता, बल्कि उसे दिए गए जमीन के हिस्से पर परिश्रम करने के फलस्वरूप ही आएगा। उसके पास जो-जो शक्ति है, वह बिल्कुल नई है तथा उसके अलावा किसी और को नहीं पता है कि वह क्या कर सकता है और जब तक वह प्रयास नहीं करेगा, उसे भी पता नहीं चलेगा।

—राल्फ वाल्डो इमर्सन

मुझे अकेला छोड़ दो! मुझे अकेला छोड़ दो! मैं आपके लिए बहुत पवित्र हूँ।
छुई-मुई!
क्या मेरी दुनिया अभी पूरी नहीं हुई है?
मेरी त्वचा आपके हाथों के लिए बहुत शुद्ध है। मुझे अकेला छोड़ दो। तुम सुस्त; सुस्त!
मूर्ख दिवस! क्या मध्य रात्रि उज्ज्वल नहीं है?
सबसे शुद्ध दुनिया के स्वामी हैं, कम-से-कम ज्ञात हैं,
सबसे मजबूत, आधी रात की आत्माएँ, जो किसी भी दिन की तुलना में उज्ज्वल और गहरी हैं।
हे दिन, तुम मेरे लिए? आप मेरी खुशी के लिए महसूस करते हैं? आपके लिए मैं अमीर हूँ,
अकेला, एक खजाना, एक सोने का चैंबर?
हे दुनिया, तुम मुझे चाहते हो? क्या मैं तुम्हारे लिए सांसारिक हूँ? क्या मैं तुम्हारे लिए आध्यात्मिक हूँ?
क्या मैं तुम्हारे लिए परमात्मा हूँ? लेकिन दिन और दुनिया, आप बहुत मोटे हैं—

- होशियार हाथ, गहरी खुशी के बाद समझ, गहरी नाखुशी के बाद, कुछ भगवान् के बाद समझे, मेरे बाद नहीं समझें।
- मैं दुःखी हूँ, मेरी खुशी गहरी है, आप अजीब दिन हैं, लेकिन फिर भी मैं कोई भगवान् नहीं हूँ, कोई भगवान्—नरक नहीं, गहरी इसकी लहर है।

—थस स्पोक जरथुस्त्र, फ्रेडरिक नीत्शे

जीवन का स्तोत्र

A Psalm of Life

शोकाकुल संख्या में, मुझे मत बताओ
कि जीवन एक कोरा सपना है!
लेकिन उस आत्मा के लिए, जो सुषुप्त है,
मृत्यु है और चीजें वैसी नहीं हैं, जैसी वे लगती हैं।

जीवन वास्तविक है, जीवन त्वरित है!
और इसका लक्ष्य मृत्यु नहीं है;
बदले में मिट जाने के लिए
तुम अपने कौशल को मिटा दो,
आत्मा ने यह नहीं कहा है।

न भोग-विलास और न ही दुःख,
हमारा नियत अंत या रास्ता है;
लेकिन कार्य करने के लिए
वह प्रत्येक कल हमें,
आज की अपेक्षा दूर पाता है।

कला लंबी है और समय क्षण-भंगुर है,
हमारे हृदय फिर भी मजबूत और बहादुर हैं
और अभी भी, दबी आवाज में बजते हुए
बाजों की तरह, धड़क रहे हैं;
अंत्येष्टि का जुलूस समाधि की ओर है।

लड़ाई की दुनिया के व्यापक क्षेत्र में,
जीवन के पड़ाव में,
मवेशियों द्वारा संचालित किए जा रहे बेजुबानों की तरह मत बनो!
जीवन के संघर्ष में एक नायक बनो!

भविष्य कितना भी सुनहरा लगे,
उस पर भरोसा मत करो!
अपने अतीत को गड़े रहने दो, वह मृत है!
कार्य करो—जीवित वर्तमान में कार्य करो!
हृदय में आशा और ईश्वर पर भरोसा हो!

महान् लोगों की जीवन-गाथाएँ
हमें याद दिलाती हैं,
हम भी अपने जीवन को महान् बना सकते हैं
और इस प्रतिज्ञा से कूच करते हुए
समय की रेत पर अपने पद-चिह्न छोड़ सकते हैं;

पद-चिह्न, जिन्हें देखकर शायद कोई दूसरा,
जीवन के मुख्य सत्य से पार पाता हुआ,
निराश और टूटे हुए जहाजवाला बंधु,
फिर से उम्मीद पा सके।

आओ, हम फिर उठ खड़े हों
और ऐसे हृदय के साथ काम करें,
जो किसी भी नियति के लिए तैयार हो;
मेहनत और प्रतीक्षा करना सीखते हुए;
अभी भी लगे रहें, अभी भी प्राप्त करते रहें।

—हेनरी वड्सवर्थ लॉन्फेलो

ज्वलंत आशाओं और भय की उपस्थिति में अनिश्चितता दर्दनाक है; लेकिन अगर हम परियों की कहानियों की मदद के बिना जीवन जीना चाहते हैं तो इसे चालू रहना चाहिए। दर्शनशास्त्र द्वारा पूछे जानेवाले सवालों को या तो भूल जाना अच्छा नहीं है या फिर स्वयं को यह समझाना कि हमें उन सवालों के स्पष्ट जवाब मिल गए हैं। अनिश्चय की स्थिति में जीना और वह भी असमंजस के चलते शक्तिहीन हुए शायद हमारे समय में वह इकलौती चीज है, जिसके बारे में दर्शनशास्त्र अपने छात्रों के लिए कुछ कर सकता है।

—*हिस्टरी ऑफ वेस्टर्न फिलॉसफी, बर्ट्रेंड रसेल*

नो मैटर व्हाट यू नो (एक अंश)

No Matter What You Know (an extract)

वास्तविकता सदैव चिकनी मिट्टी जैसी होती है,
हमेशा सरकती और अपना आकार बदलती,
इसे इसके रूप में ढालिए और
उसी क्षण
आप इसे अंतिम सत्य के रूप में देख रहे हैं,
यह आपके हाथों में टूट जाएगी।

—डोरोथी वाल्टर्स

सत्य के प्रति नेकनीयती निष्ठा है और सत्य की उपेक्षा विश्वासघात। अगर अल्लाह की रजा होगी, जब तक मैं उसके अधिकारों को सुरक्षित नहीं कर लेता, आप में से कमजोर मेरे साथ मजबूत होंगे और अगर अल्लाह की रजा होगी, तुम्हारे बीच के मजबूत मेरे पास तब तक कमजोर रहेंगे, जब तक मैं उनसे दूसरों के छीने हुए अधिकारों को वापस नहीं पाता। जब तक मैं अल्लाह और उनके रसूल (मुहम्मद) का हुक्म मानूँ, मेरा हुक्म मानो; लेकिन अगर मैं अल्लाह और उसके रसूल का हुक्म नहीं मानता हूँ तो आपको मेरी फर्माबरदारी की कोई जरूरत नहीं।

—अबू बकर अस-सिद्दकी (आर) : इसलाम का पहला खलीफा, अब्दुल बासित अहमद

मृत्यु इतना घमंड मत करो
Death be not Proud

मृत्यु इतना घमंड मत करो, हालाँकि कुछ लोग तुम्हें महान् और भयानक जरूर कहते हैं, लेकिन तुम नहीं हो। तुम्हें लगता है कि तुमने लोगों को मार दिया है और उन्हें मारकर तुम जीत गई हो, लेकिन इनसान कभी मरता नहीं।

हम इनसानों को सोकर और आराम करके बहुत आनंद आता है और अगर तुम हमें हमेशा के लिए आराम करवाओगी तो हमें और भी अधिक आनंद आएगा।

दुनिया में जो अच्छे लोग हैं, उन्हें तुम जल्दी सुला देती हो, जो कि अच्छी बात है; क्योंकि उन्हें जल्दी सुलाकर तुम उनकी हड्डियों को सुकून देती हो और उनकी रूह को आजाद कर देती हो।

मौत, तुम्हें किस चीज का घमंड है ? तुम तो खुद गुलाम हो—तकदीर की, मौकों की, राजाओं की और अपराधियों की और तुम फलती-फूलती हो जहर के साथ, युद्ध के साथ और बीमारियों के साथ। तुम्हारे हमले से व्यक्ति इतना नहीं सोएगा, जितना वह नशा करके या किसी जादू के कब्जे में आकर अच्छे से सो सकता है; तो फिर तुम्हें किस बात का घमंड है ?

जब तुम हमारे पास आती हो तो हम थोड़ी देर के लिए सोते हैं; लेकिन थोड़ी देर सोने के बाद हम दोबारा उठ जाते हैं, हमेशा के लिए जाग जाते हैं। उसके बाद हमारे पास कोई मौत नहीं आ सकती और हम अमर हो जाते हैं।

—जॉन डोने

□

शेष-भाग

डैरियस ग्रीन एंड हिज फ्लाइंग मशीन (एक अंश)
Darius Green and his Flying Machine (an extract)

…अंगुश्ताना और धागा और मोम और हथौड़े के साथ
और पेटी और पेंच,
और ऐसी सभी चीजें
जैसे प्रतिभाशाली उपयोग करते हैं;
नमूने के लिए दो चमगादड़, जिज्ञासु साथियो!
कोयले का एक मटका और धौंकनी की एक जोड़ी;
कुछ तार और कई पुरानी छतरियाँ;
एक गाड़ी कवर, पूँछ और पंखों के लिए;
कवच का एक टुकड़ा और पट्टियाँ और तार;
और एक बड़ा मजबूत बक्सा,
जिसमें वह ताला लगाता है,
ये और इनके अलावा सैकड़ों अन्य चीजें।
……

ऐसे में दिन-ब-दिन
उसने सिलाई की और मरम्मत की और हथौड़ा चलाया,
जब तक कि अंतिम 'टी' नहीं हो गया,
सूर्य के तले सबसे बड़ा आविष्कार!

—जॉन टाउनसेंड ट्रॉब्रिज

एलिस इन वंडरलैंड (एक अंश)

Alice in Wonderland (an extract)

घोषणा करनेवाला थोड़ा परेशान दिखा और उसने अपनी भौंह सिकोड़ी
"अगर पहले सिर्फ आपने ही बोला होता!
अब इसका उल्लेख करना बेहद अजीब है,
स्नार्क के साथ, बोलें तो दरवाजे पर!

"हम सबको शोक मनाना चाहिए, जैसा आपको भी विश्वास होगा,
अगर आप दोबारा कभी नहीं मिलेंगे—
लेकिन निश्चित रूप से, मेरे मानव, जब जल-यात्रा प्रारंभ हुई,
आपको तभी इसका सुझाव देना चाहिए था!

"अब यहाँ पर इसका उल्लेख करना बड़ा अजीब है—
क्यों मुझे लगता है कि मैं पहले ही टिप्पणी कर चुका हूँ।"
और फिर जिस व्यक्ति का अभिवादन उन्होंने 'हाय!' से किया था, उसने
आह के साथ जवाब दिया—
"मैंने आपको शुरुआती दिन ही बता दिया था।

"आप मुझ पर हत्या का आरोप मढ़ सकते हैं या समझदारी चाहिए—
(हम सभी कई बार कमजोर हो जाते हैं) :
लेकिन कई बार एक झूठे दिखावे की ओर मामूली पहुँच
मेरे अपराधों में कभी नहीं थी!

"मैंने इसे हिब्रू में कहा—मैंने इसे डच में कहा—
मैंने इसे जर्मन और ग्रीक में कहा था :
लेकिन मैं पूरी तरह से भूल गया (और यह मुझे बहुत परेशान करता है)
वह अंग्रेजी, जो आप बोलते हैं!"

—लुइस कैरोल

शिल्प, महत्त्वाकांक्षा, द्वेष को,
कारणों की रात ठंडा होने दो,
जब तक कमजोरी ताकत न बन जाए,
जब तक अँधेरा रोशनी में परिवर्तित न हो जाए,
जब तक गलत सही में बदल न जाए!

—सिल्वी एंड ब्रूनो, लुइस कैरोल

डैफोडिल्स
Daffodils

मैं अकेला घूम रहा था, जैसे कोई बादल
उड़ता है घाटियों और पहाड़ों पर
अचानक मुझे दिखा एक झुंड—एक दल
डैफोडिल फूलों का; मगर
झील के पास, पेड़ों के नीचे
हिलते, नाचते जैसे पवन खींचे

सितारों की चमक से चमकदार
जैसे आकाशगंगा में चमकते
एक असीम धारा में लगातार
एक खाड़ी के हाशिए से लगते
एक साथ दिखे कोई दस हजार
नाचते, सिर हिलाते बार-बार

उनके पास ही लहरें कर रही थीं नृत्य,
लेकिन उन्हें मात दे रहे थे ये फूलों के झुंड,
एक कवि के लिए क्या होगा इससे मधुर सत्य,
जब हो साथ में ऐसा मनमोहक झुंड,
मैंने देखा और देखता रहा, बिना ज्यादा विचारे
जीवन में क्या संपदा लाएँगे ये फूलों के झुंड प्यारे!

प्राय: जब भी सोफे पर लेटता हूँ
कभी रिक्त, कभी चिंतित मन में
अपने अंतर में उनकी चमक देखता हूँ,
खुशी दे जाते हैं अकेलेपन में
और मेरा हृदय खुशियों से भरता है
और डैफोडिल्स के साथ नृत्य करता है।

—विलियम वड्र्सवर्थ

साहस भय का प्रतिरोध है, भय की निपुणता—न भय की अनुपस्थिति। सिवा इसके कि प्राणी आंशिक कायर है, बहादुर कहना कोई प्रशंसा नहीं है। यह केवल शब्द का एक ढीला दुरुपयोग है।

पिस्सू को गौर से देखिए! अगर भय की अनभिज्ञता ही साहस है तो बिना किसी शक के ईश्वर द्वारा रचे गए सभी प्राणियों में सबसे बहादुर।

चाहे आप सो रहे हों या जाग रहे हों, वह आप पर हमला करेगा। उस पर इस बात का कोई फर्क नहीं होता कि वजन और ताकत में वह आपके सम्मुख ऐसा ही है, जैसे एक चूसनेवाले बच्चे को पृथ्वी की विशाल सेनाएँ। वह दिन और रात और सभी दिन और रात दोनों ही समय खतरे की गोद में और मौत की साक्षात् उपस्थिति में रहता है और फिर भी कोई डर नहीं है, जैसे दस शताब्दियों पर एक आदमी भूकंप के खतरों के बीच शहर की सड़कों पर चलता था।

जब हम क्लाइव, नेल्सन और पुतनाम की बात ऐसे आदमियों के रूप में करते हैं, जो 'यह नहीं जानते थे कि डर क्या है', हमें इस सूची में पिस्सू का नाम भी डालना चाहिए और उसे शीर्ष स्थान मिलना चाहिए।

—पुड' एनहेड विल्सन, मार्क ट्वेन

टॉम मन–ही–मन सोचने लगा कि संसार वास्तव में उतना निस्सार नहीं है, जितना वह समझ रहा था। अनजाने में ही उसने मानव मन की एक बहुत बड़ी कमजोरी का पता लगा लिया था कि वह काम वही है, जिसे मनुष्य को बिना रुचि के जबरदस्ती करना पड़े। यदि वह एक महान् और बुद्धिमान दार्शनिक होता तो इस पुस्तक के लेखक की तरह; वह अब यह समझ लेता था कि कार्य में वह सबकुछ शामिल है, जो एक शरीर करने के लिए बाध्य है और उस नाटक में जो कुछ भी मौजूद है, शरीर उसे करने के लिए बाध्य नहीं है और इससे उन्हें यह समझने में मदद मिलेगी कि नकली फूलों का निर्माण या फिर एक ट्रेडमिल पर प्रदर्शन करना काम क्यों है; जबकि टेनपींस रोल करना या मोंट ब्लांक पर चढ़ना केवल मनोरंजन है। इंग्लैंड में वो धनी सज्जन हैं, जो गरमियों में रोजाना बीस–तीस मील की दूरी तक चार घोड़ोंवाली बग्घी को चलाते हैं, क्योंकि विशेषाधिकार पर उनका पर्याप्त पैसा खर्च होता है; लेकिन अगर उन्हें इस सेवा के बदले मजदूरी की पेशकश की जाए तो यह काम में बदल जाएगा, जिसके बाद वे इस्तीफा दे देंगे।

—द एडवेंचर्स ऑफ टॉम सॉयर, मार्क ट्वेन

एन एस्से ऑन मैन (एक अंश)
An Essay on Man (an extract)

तब संघर्ष न करें, न ही अपूर्ण नाम का आदेश दें—
हमारा उचित आनंद इस बात पर निर्भर करता है कि हम क्या दोष देते हैं?
अपनी खुद की बात को जानें; इस प्रकार इस कारण डिग्री
अंधेपन, कमजोरी, स्वर्ग तुम पर झुकता है
इसमें या कोई अन्य क्षेत्र,
तू जितना सहन कर सकता है, उतना ही निश्चिंत हो जा—
एक डिस्पोजिंग पॉवर के हाथ में सुरक्षित
या पाताल में या नश्वर घंटे में।
सब प्रकृति है; लेकिन कला, तुमसे अज्ञात है;
सब मौका, दिशा, जिसे तुम नहीं देख सकते;
सभी कलह, सद्भाव, समझा नहीं;
सभी आंशिक बुराई, सार्वभौमिक अच्छा—
और गर्व के बावजूद, कारण के बावजूद,
एक सच्चाई स्पष्ट है, जो भी है, सही है।

—एपिस्टल 1, अलेक्जेंडर पोप

'एस्टेला!'

'Estella'!

'मैं बहुत बदल गया हूँ। आप शायद मुझे जानती हैं।'

उसकी सुंदरता की ताजगी जा चुकी थी, लेकिन उसकी अवर्णनीय महिमा और उसका अदम्य आकर्षण अभी भी उसके चेहरे पर मौजूद था। उसमें मौजूद आकर्षण मैंने पहले भी देखे थे; वह चीज, जो मैंने पहले कभी नहीं देखी था; वह हमेशा गर्वित रहनेवाली आँखों में हलकी सी उदासी थी; जो मैंने पहले कभी महसूस नहीं किया था, वह था कभी असंवेदनशील रहनेवाले हाथ का दोस्ताना स्पर्श।

हम पास ही में पड़ी एक बेंच पर बैठ गए और मैंने कहा, 'इतने सालों के बाद कितना अजीब है कि हम इस तरह, फिर से मिल रहे हैं, एस्टेला और वह भी उस जगह पर, जहाँ हमारी पहली मुलाकात हुई थी! क्या आप अकसर यहाँ आती हैं?'

'मैं उसके बाद से यहाँ कभी नहीं आई।'

'न ही मैं!'

चंद्रमा निकलने लगा था और मैंने सफेद छत पर फैली सौम्य आभा के बारे में सोचा, जो गुजर चुकी थी। चाँद निकलने लगा था और मैंने अपने हाथ पर दबाव महसूस किया, जब मैंने धरती पर उसका अंतिम शब्द सुना था।

हम दोनों के बीच फैली चुप्पी को तोड़नेवाली एस्टेला थी।

'मैंने कई बार उम्मीद की और वापस लौटने का इरादा बनाया, लेकिन कई परिस्थितियों के चलते मुझे अपने कदम वापस खींचने पड़े। बेचारी, बेचारी पुरानी जगह!'

चाँदनी धुंध को चाँद की पहली किरणों ने छुआ और उन्हीं किरणों ने उसकी आँखों से निकले आँसुओं को भी छुआ। उसे नहीं पता चला कि मैंने उन्हें देख लिया है और खुद को उनसे बाहर निकालने का क्रम करते हुए वह चुपचाप बोली, 'क्या आपने चलते हुए इस बारे में कुछ सोचा कि मामला इस स्थिति तक कैसे और क्यों पहुँचा?'

'हाँ, एस्टेला।'

'यह मेरी जमीन है। यह वह इकलौती वस्तु है, जिसका मैंने त्याग नहीं किया है। बाकी सबकुछ थोड़ा-थोड़ा करके मेरे पास से चला गया, लेकिन मैंने इसे बचाकर रखा है। यह मेरे द्वारा उन मनहूस वर्षों के दौरान किए गए इकलौते दृढ़ प्रतिरोध का उदाहरण था।'

'क्या इस पर निर्माण किया जाना बाकी है?'

'आखिरकार ऐसा ही है। मैं इसके बदलने से पहले एक अंतिम बार इसे देखने आया था और आप?' वह एक पथिक का ध्यान अपनी ओर खींचनेवाली आवाज में बोली, 'तुम अब भी विदेश में रहते हो?'

'अभी भी।'

'और मुझे यकीन है, अच्छा कर रहे होगे!'

'मैं एक आरामदायक जीवन के लिए बहुत मेहनत करता हूँ और इसीलिए—हाँ, मैं अच्छा कर रहा हूँ।'

एस्टेला बोली, 'मैंने अकसर आपके बारे में सोचा है।'

'आपने?'

'हाल ही में, अकसर। एक लंबा कठिन समय था, जब मैं स्वयं से काफी दूर रहा। मैंने उसे याद किया, जिसे अनभिज्ञता के चलते मैं फेंक चुका था; लेकिन चूँकि मेरा कर्तव्य उस स्मरण की स्वीकारोक्ति के साथ संगत नहीं है, मैंने अपने दिल में उसे स्थान दिया है।'

मैंने जवाब दिया, 'आपका स्थान हमेशा मेरे दिल में रहा है।'

और हम दोबारा चुप हो गए, जब तक कि वह बोली नहीं।

एस्टेला बोली, 'मैंने भी थोड़ा सोचा कि मुझे इस स्थान से छुट्टी पाने के

साथ आपसे भी मुक्ति पा लेनी चाहिए। ऐसा करके मैं बहुत खुश हूँ।'

'दोबारा जुदा होकर खुश हो, एस्टेला? मेरे लिए तो जुदाई बहुत दर्दनाक चीज है। मेरे लिए तो हमारे पिछली बार जुदा होने की याद ही हमेशा शोकपूर्ण और दर्दनाक रही है।'

'लेकिन आपने मुझसे कहा,' एस्टेला लौटो,' बहुत आग्रहपूर्वक, 'भगवान् आप को आशीर्वाद दे, ईश्वर आपको क्षमा करे।' और अगर आप मुझसे उस समय वह कह पाईं तो आप अब भी मुझसे वह करने में संकोच नहीं करेंगी—अब, जब कष्ट अन्य सभी सीखों से अधिक मजबूत हो गया है, अब आप मुझे वह कहने में संकोच नहीं करेंगी। मैं झुक और टूट गया हूँ, लेकिन मुझे एक बेहतर आकार में आने की आशा है। मेरे लिए वैसी ही विचारशील और अच्छी बनो, जैसी तुम थीं और एक बार कहो, हम दोस्त हैं।'

जैसे ही वह बेंच से उठी, मैं उसके ऊपर झुकता और गिरता हुआ बोला, 'हम दोस्त हैं।'

एस्टेला बोली, 'और हम हमेशा दोस्त बने रहेंगे।'

मैंने उसका हाथ अपने हाथ में लिया और हम दोनों उस उजड़ी हुई जगह से बाहर आ गए। और जैसे ही सुबह की पहली किरण मेरे फोर्ज छोड़ने से बहुत पहले ही निकल चुकी थी, अब शाम की सुधा छा रही थी और उनके द्वारा मुझे दिखाए गए शांत प्रकाश के आलोक में मैंने उससे दोबारा अलग होने की छाया नहीं देखी।

—ग्रेट एक्सपेक्टेशंस, चार्ल्स डिकेंस

आज से कल करते हुए जीवन का एक-एक दिन बीत रहा है और हम अपने भाग्य के अनुसार अपनी अंतिम घड़ियों की तरफ बढ़ रहे हैं। बीती हुई घड़ियाँ पुकारती जाती हैं—मूर्ख प्राणियो! तुम सब अपनी कब्रों की ओर बढ़ रहे हो! तब, बुझ जाने दो। बुझ जाओ ओ जीवन के टिमटिमाते दीप! बुझ जाओ!

क्या है जीवन? केवल एक चलती हुई छाया! ठीक उस अभिनेता की तरह, जो कुछ क्षणों के लिए रंगमंच पर आकर हँसता-रोता है और फिर हमेशा के लिए सामने से चला जाता है। प्राणी का यह जीवन मूर्खों की कही हुई वह कहानी है, जिसमें ध्वनि और भावनाएँ हैं, पर हाय! उनका अस्तित्व है क्या?

—मैकबेथ, विलियम शेक्सपियर

कनान (एक अंश)

Canaan (an extract)

बुराई अच्छाई की अनुपस्थिति नहीं, बल्कि गुरुत्वाकर्षण की है
चिरस्थायी मूल और उसकी घातक बेड़ियाँ
निष्क्रिय, हिंसक, हमारे दिनों का मताधिकार।

—ज्योफ्री हिल

सोनेट-43
Sonnet 43

जब मैं सबसे ज्यादा झपकाता हूँ, तब मेरी आँखें सबसे अच्छा देखती हैं,
पूरे दिन वे असंबद्ध चीजों को देखती हैं;
लेकिन जब मैं सोता हूँ तो सपने में वे तुम्हें देखती हैं,
और अँधेरे में उज्ज्वल, अँधेरे संचालित उज्ज्वल हैं।
तब तू, जिसकी छाया, छाया को उज्ज्वल बनाती है,
तेरी छाया का रूप एक सुखी प्रदर्शन कैसे बनाएगा
तेरा बहुत साफ प्रकाश के साथ स्पष्ट दिन के लिए,
जब आँखों को चमकाने के लिए आपकी छाया चमकती है!
मैं कैसे कहूँगा, मेरी आँखें धन्य हो गईं
जीवित दिन में तुझे देखकर,
जब मृत रात में तेरी निष्पक्ष अपूर्ण छाया
दृष्टिहीन आँखों पर भारी नींद के माध्यम से रहने के लिए!
देखने में सारे दिन-रात जैसे हैं, जब तक मैं तुम्हें नहीं देखता हूँ,
और रात हैं उजले दिन, जब सपने में मुझे आप दिखते हैं।

—विलियम शेक्सपियर

ज्ञानात्मक निरपेक्षता। ज्ञान निरपेक्ष है, इस अर्थ में कि किसी व्यक्ति के लिए बेहतर होना असंभव है या इससे भी बदतर, एक वास्तविकता का ज्ञान। (उदाहरण के लिए, यह जानना संभव नहीं है कि कोई ऑस्ट्रेलिया में है और बाद में यह जानना बेहतर है कि कोई ऑस्ट्रेलिया में है।) उस तरह की निरपेक्षता ज्ञान मीमांसीय सोच में गहराई से फँसी हुई है, भले ही हम पाएँगे कि इसे गलत मानने का अच्छा कारण है।

—गुड नॉलेज, बैड नॉलेज, स्टीफन हेथरिंगटन

जीवन प्राकृतिक और सहज परिवर्तनों की एक शृंखला है। उनका विरोध न करें; वह केवल दु:ख पैदा करता है। वास्तविकता को वास्तविकता ही रहने दें। चीजों को स्वाभाविक रूप से उसी दिशा में आगे बढ़ने दें, जो उन्हें पसंद है।

—लाओ त्से

भावनाओं के अनुसार चीजों का स्वरूप बदल जाता है; और हम उनके जादू एवं सुंदरता को देख पाते हैं, जबकि जादू और सुंदरता वास्तव में हमारे स्वयं के भीतर होती है।

—द ब्रोकेन विंग्स, खलील जिब्रान

पालतू पक्षी पिंजरे में बंद था
The Tame Bird was in a Cage

पालतू पक्षी पिंजरे में बंद था, आजाद पक्षी जंगल में था।
समय मिलने पर वे मिले, यह भाग्य का फैसला था।
मुक्त पक्षी बोला, 'हे मेरे प्रेम, आओ, हम जंगलों की ओर उड़ चलें।'
पिंजरे का पक्षी फुसफुसाया, 'इधर आओ, हम दोनों पिंजरे में रहते हैं।'
आजाद पक्षी बोला, 'सलाखों के पीछे किसी के लिए भी पंख फैलाने की जगह ही कहाँ है?'
'ओह!' पिजरे का पक्षी बोला, 'मुझे यह नहीं पता कि मुक्त आकाश में ऊँचाई पर कहाँ बैठना है?'
आजाद पक्षी बोला, 'मेरे प्रिय, वन प्रदेश के गीत गाओ।'
पिंजरे का पक्षी गाने लगा, 'मेरे साथ बैठो, मैं तुम्हें विद्वानों की बातें सिखाता हूँ।'
आजाद पक्षी बोला, 'नहीं, अरे नहीं। गाने कभी सिखाए नहीं जा सकते।'
पिंजरे का पक्षी बोला, 'काश, मैं भी वन प्रदेश के गाने जानता!'
उत्कंठा से भरा उनका प्रेम गहरा है, लेकिन वे पंख से पंख मिलाकर कभी नहीं उड़ सकते।
पिंजरे की सलाखों से वे देखते हैं और उन दोनों की एक-दूसरे को जानने की कोशिश व्यर्थ है।
वे तड़पते हुए अपने पंख फड़फड़ाते हैं और गाते हैं, 'करीब आओ, मेरे प्यार!'

आजाद पक्षी बोला, 'यह नहीं हो सकता। मुझे पिंजरे के बंद दरवाजों से डर लगता है।'

पिंजरे का पक्षी फुसफुसाया, 'ओह! मेरे पंख शक्तिहीन और मृत हैं।'

—रवींद्रनाथ टैगोर

सपनों के बारे में। आमतौर पर ऐसा माना जाता है कि आप सपने में उसी चीज को देखते हैं, जिसने दिन में किसी समय आप पर विशेष रूप से अपनी मजबूत छाप छोड़ी हो; लेकिन मेरे लिए यह बिल्कुल विपरीत है। अकसर यह कुछ ऐसा होता है, जिस पर आप समय पर बिल्कुल ध्यान नहीं देते हैं—एक अस्पष्ट विचार, जिसके बारे में आपने अंत तक सोचने की जरा भी जहमत नहीं उठाई, बिना महसूस किए बोले गए शब्द और जिन पर किसी का ध्यान नहीं गया, ये वे चीजें हैं, जो रात को लौटती हैं, मांस और रक्त का चोला ओढ़कर और वे सपनों के विषय बन जाते हैं, जैसे कि जागने के घंटों के दौरान अनदेखा करने की पूर्ति कर रहे हों।

—डॉ. झिवागो, बोरिस पास्टर्नाक

□

श्रद्धांजलि

मेरी पाल में तुम्हारी हवा के साथ
With Your Wind in My Sail

मैं अपनी पाल में
आपकी हवा के साथ रस्सी को खींचता हूँ।
मैं डूबने के लिए तैयार हूँ,
मैं डूबने के लिए तत्पर हूँ।
मेरी सुबह बरबाद है और मेरी शाम भी।
मुझे वापस किनारे के पास मत लेकर चलो।
मैं रात भर नाविक के लिए रुकता हूँ।
लहरों बस,
मेरे साथ खेलो।
मैं उस तूफान से दोस्ती करूँगा,
मुझे इसके क्रोध से डर नहीं है।
मुझे मुक्त करें।
तूफान मुझे बचाएगा,
क्योंकि मैं अपनी पाल में
आपकी हवा के साथ मरने को तैयार हूँ।

—रवींद्रनाथ टैगोर

वह उठे हुए सिर के साथ चलती है। उसकी आँखें सीधे सामने देख रही होती हैं। उसके अपने सिद्धांत हैं, किसी से भी भय-रहित! उसके पास एक उदात्त और ज्ञान-आधारित गौरव है।

उत्कृष्टता से परिपूर्ण महिला चुने हुए रास्ते से डिगती नहीं है। वह अज्ञानता को दूर भगाती है। वह जीवन के आनंद का स्वागत करती है, खुले मन के साथ। यह आनेवाले कल की महिला का धर्म है।

—सुब्रह्मण्यम भरतियार

वास्तव में महान् वे लोग नहीं हैं, जिनके पास धन है; न ही वे लोग हैं, जिन्होंने नाम और प्रसिद्धि प्राप्त कर ली है; बल्कि वे लोग हैं, जिन्होंने अपने भीतर से सत्य को पहचान लिया है और कीमत की परवाह किए बिना समझौता करने से इनकार कर देते हैं। वे वही करने को दृढ़ रहते हैं, जो उनकी नजरों में सही होता है। हम उनके शरीर को तो सजा दे सकते हैं, उन्हें उनकी सुविधाओं से वंचित कर सकते हैं; लेकिन हम उनकी आत्मा को नहीं खरीद सकते, न ही उनके हौसले को तोड़ सकते हैं। जो भी इस भावना की अभेद्यता को थोड़ी-सी मात्रा में भी प्राप्त कर लेता है, वास्तव में वही हमारी प्रशंसा का हकदार है।

—लिविंग विद अ परपज, एस. राधाकृष्णन

इससे पहले कि वह (अल) सीधी बात करता, वह भागकर मिलान शिपयाड्र्स में पहुँचा और लोगों को ग्रेट लेक्स शिपिंग के लिए जहाज तैयार करते देखा। वहाँ उसने जहाज का निर्माण करनेवालों से सैकड़ों सवाल पूछे। आप कुछ दूर होने के बावजूद कैसे एक हथौड़े को बोर्ड पर चोट करते हुए सुनने से पहले देख सकते हो? आपको जोड़ों को सावधानी से क्यों भरना होता है? पिच किस चीज की बनी होती है? वे लोग कुछ सवालों के जवाब दे पाए और कुछ के नहीं। उनमें से एक ने मजाक में सैम्युएल एडिसन से कहा, 'ऐसा करने से आपके सिवा सवालों के जवाब देने के लिए रखे जानेवाले एक व्यक्ति का खर्च बचेगा।'

—यंग एडिसन—द ट्रू स्टोरी ऑफ एडिसंस बॉयहुड,
डब्ल्यू. ई. वाइस

गांधी की दिखावे या शक्ति की वास्तविकता से रहित जमीनी सादगी उनके प्रभुत्व को प्रदर्शित करती थी। गांधी के पास दबाव डालने, दंड देने या पुरस्कृत करने की कोई शक्ति नहीं थी। उनकी शक्ति शून्य, लेकिन प्रभुत्व बहुत वृहद् था। वह प्रेम से आया था। उनके साथ रहकर कोई भी देख सकता था कि वे क्यों इतने प्रिय हैं; वे प्रेम करते थे। सिर्फ चुनिंदा घटनाओं में ही नहीं, बल्कि दिन-रात, लगातार, सुबह को, दोपहर को, शाम को, दशकों तक, अपने हर कार्य और शब्द में उन्होंने मानव जाति और व्यक्तियों के प्रति प्रेम को ही व्यक्त किया था।

—***गांधी : हिज लाइफ एंड मैसेज फॉर द वर्ल्ड, लुई फिशर***

सन् 1953 में एक छात्र के रूप में संस्थान से जुड़ने पर मेरी उनसे पहली मुलाकात हुई थी। हालाँकि यह अब से लगभग पचास साल पहले की बात है, लेकिन उनके साथ हुई शुरुआती मुलाकातों की यादें मेरे जेहन में अभी भी ताजा हैं।

मुझे एक लंबा व सुंदर नौजवान याद आता है, जो लाल कमीज पहने और एक चौड़ी मुसकान ओढ़े हुए छोटी स्पोर्टी एमजी कार से बाहर कूदता है, विभाग की सीढ़ियों पर दौड़ता हुआ और कक्षा में कदम रखते हुए उसने प्रसन्नता से 'गुड मॉर्निंग' कहा। धवन अपने साथ संस्थान में तरुणाई, ताजगी, आधुनिकता, ईमानदारी और कैलिफोर्नियन अनौपचारिकता का एक तत्त्व लाया, जिसने छात्रों और कई सहयोगियों को मोहित कर दिया। संक्षेप में, वह परिसर का एक सितारा था।

उसके द्वारा संस्थान में स्थापित की गई प्रयोगशाला में जो कोई भी जाता था तो एक बात, जो तत्काल ध्यान आकर्षित करती थी, वह यह थी कि सबकुछ अलग दिखता था और अच्छी तरह से काम करता था। प्रयोगशाला विज्ञान और इंजीनियरिंग दोनों की छाप छोड़ने में कामयाब रही। इसमें पवन सुरंगों को चलानेवाले 100 एच.पी. के कंप्रेशर लगे थे और साथ ही लेंस व गैल्वेनोमीटर भी थे, जो यह मापते थे कि उन सुरंगों में क्या चल रहा है। वास्तव में मुझे लगता है कि धवन ने आई.आई.एस.सी. और उदाहरण के लिए देश में अन्यत्र कहीं भी—इंजीनियरिंग समस्याओं के लिए वैज्ञानिक अनुसंधान की परंपरा स्थापित की। उनकी प्रयोगशाला में विभिन्न प्रकार के छोटे उपकरण भी थे, जो चीजों को प्रयोग करनेवाले के लिए थोड़ा आसान बनाने के लिए उनके द्वारा बड़ी प्रसन्नता

के साथ जुगाड़ करके तैयार किए गए थे।

इन 'गिज्मोस' के बीच, जैसा कि वह उन्हें कहना पसंद करता था, मुझे ताँबे के साथ 5 माइक्रोन टंगस्टन तारों को इलेक्ट्रोप्लेट करने के काम आनेवाली छोटी-सी चीज याद है, ताकि बाद में उन्हें सोल्डर करके हॉट वायर प्रोब्स तैयार किए जा सकें। मैंने भी प्रयोगशाला में अपना जीवन उस दौर के फ्लूड डायनेमिक्स के दुनिया भर के उन हजारों छात्रों की ही तरह शुरू किया, जो अशांत प्रवाह में अस्थिर वेगों के पवन सुरंग माप के लिए इन नाजुक जाँचों को करने के लिए संघर्ष कर रहे थे।

मुझे आज भी याद है कि धवन ने मुझे ये प्रोब बनाने के बारे में पढ़ाया था और मुझे इसके लिए पालन किए जानेवाले रीति-रिवाजों के बारे में बताया था—उनके शब्दों में 'पूजा करने जैसा'। इन प्रोब्स के लिए आवश्यक महीन तार उस समय आसानी से उपलब्ध नहीं थे और धवन उन्हें अमेरिका में रहनेवाले अपने मित्रों से मँगवाते थे। उन्हें लिखे जानेवाले पत्रों के पीछे प्लैटिनम एवं टंगस्टन के तार के छोटे-छोटे टुकड़े चिपके हुए आते थे और हम एक लोभी की तरह उन्हें चारों ओर से घेर लेते थे।

वह भारत में प्रायोगिक तरल गति के अनुसंधान के जनक थे और वास्तव में कई मायनों में देश के पहले इंजीनियरिंग वैज्ञानिक थे।

....

धवन ने देश के अंतरिक्ष कार्यक्रम को चलाने के लिए जिन सिद्धांतों को प्रतिपादित और लागू किया (लेकिन वर्णात्मक रूप से कभी घोषित नहीं किया), उनसे आसानी से उनके संचालित होने के तरीके का अनुमान लगाया जा सकता है।

सबसे पहले उन्होंने एक कार्यक्रम तैयार किया, जो सामाजिक रूप से जागरूक था—ऐसे उद्देश्यों के साथ, जिन्हें व्यापक रूप से समझा जा सकता था (मौसम, प्राकृतिक संसाधन-मानचित्रण, संचार आदि)। उन्हें भारतीय इंजीनियरों और वैज्ञानिकों के पास आई.आई.टी. या विदेशी विश्वविद्यालयों की डिग्री नहीं होने के बावजूद उनकी क्षमता पर सबसे अधिक भरोसा था।

उन्होंने समीक्षा की विस्तृत प्रणाली और तंत्र के माध्यम से राष्ट्रीय वैज्ञानिक समुदाय के लिए प्रौद्योगिकी विकास कार्य को खुला और पारदर्शी रखा (इनमें से कुछ, जो त्रिवेंद्रम के विक्रम साराभाई अंतरिक्ष केंद्र के बड़े सभागार में आयोजित किए गए थे, कई मौकों पर तो अपनी पूरी क्षमता तक भी गए। जल्द ही यहाँ पर एक परंपरा स्थापित हो गई, जिसमें सबसे कनिष्ठ वैज्ञानिक भी बड़े प्रोजेक्ट लीडर्स से अजीब सवाल पूछ सकते थे)।

उन्होंने बहुत ही सक्षम निर्देशकों के एक छोटे समूह और उनके कार्यालय में मौजूद मेधावी और छोटी उम्र में कुशलता व योग्यता प्राप्त करनेवाले युवाओं के समूह (उन्हें उनके सहयोगियों की प्राकृतिक नापसंदगी से बचाते हुए) के जरिए अपनी परियोजनाओं का प्रबंधन किया। असफलताओं के मौके पर उन्होंने स्वयं जिम्मेदारी ली, लेकिन सफलता मिलने पर दूसरों को श्रेय लेने दिया (जैसा कि कलाम ने बताया है)। उन्होंने दबाव के जरिए जवाबदेही बनाए रखी, लेकिन ईमानदार असफलताओं के लिए अपने इंजीनियरों को दोषी ठहराए जाने से बचाया। उन्होंने एक पदोन्नति और मूल्यांकन की एक प्रणाली विकसित की, जिसमें कुछ अद्वितीय विशेषताएँ थीं, जिससे अधिक उत्पादक इंजीनियरों को बाकी सहयोगियों से आगे बढ़ने में सक्षम बनाया गया, लेकिन बहुत तेजी से नहीं; और ऐसा करते हुए उन्होंने सिस्टम की निष्पक्षता में अधिकांश कर्मचारियों के विश्वास को बनाए रखा। उन्होंने जोर देकर सफलतापूर्वक कहा कि राष्ट्रीय अंतरिक्ष कार्यक्रम पूरी तरह से एक नागरिक उद्यम होना चाहिए।

उनकी प्रबंधन शैली के बारे में कुछ अन्य असामान्य बातें थीं। वे प्रचार से दूर रहते थे और शायद ही कभी मीडिया के सामने आए—इतना कि लोग अकसर आश्चर्यचकित थे कि वह निजी या परिषद् या आयोग की चारदीवारी के भीतर कितने शक्तिशाली हो सकते हैं! उन्होंने जो कुछ भी किया, उसके आधार पर मुझे लगता है कि वे एक बेहद आशावादी व्यक्ति थे, लेकिन एक शानदार अगुआ और बेहतरीन इनसान, उनका व्यक्तिगत आकर्षण और उनकी गहन सामाजिक अंतरात्मा के रूप में उनके भीतर ऐसे असाधारण गुण मौजूद थे, जो धवन को अन्य इंजीनियरों और प्रतिष्ठित वैज्ञानिकों से बिल्कुल अलग करते थे।

जब श्रीहरिकोटा रेंज का निर्माण किया जा रहा था तो उन्होंने मवेशियों को दूर रखने के लिए उसकी सीमा पर बाड़ लगाने के प्रस्ताव को इसलिए अस्वीकार कर दिया था, क्योंकि वह जमीन मूल रूप से मवेशियों तथा वहाँ रहनेवाले आदिवासियों की थी और वैकल्पिक व्यवस्था की थी। उन्होंने साइट पर मिली कलाकृतियों को सँजोने के लिए एक संग्रहालय की स्थापना भी की। संस्थान की प्रयोगशालाओं में उनके लिए उनके प्रिय गिज्मोज तैयार करनेवाले कारीगर, जिनमें से कुछ अत्यधिक कुशल, लेकिन वे शायद ही पढ़े-लिखे थे, को लगता था कि वे उनके मित्र हैं और ऐसी ही भावना उनके छात्रों और देश-विदेश में रहनेवाले उनके अन्य साथियों को भी होती थी। वे कई बार बेहद सख्त हो सकते थे और हो भी जाते थे, लेकिन कभी व्यक्तिगत मामलों में नहीं।

अगर वे कभी अनिर्णय की स्थिति में लगते थे तो ऐसा इसलिए होता था, क्योंकि उन्होंने अपने भीतर कई सारे विविध दृष्टिकोणों को समेट लिया था। कुछ समय तक उन्हें जानने के बाद मैंने महसूस किया कि मैं उन महत्त्वपूर्ण अवसरों पर उनके द्वारा किए गए मंथन को पहचान सकता हूँ। कैसे उन्होंने उन सभी प्रतिस्पर्धी विचारों और ताकतों को अपने बहुत तर्कसंगत तरीके से संतुलित किया; और वे अकसर अपने निर्णय लेने से पहले अपने करीबी सहयोगियों के साथ इन विचारों को साझा करते थे।

सबसे परे वे अघोषित, लेकिन व्यापक रूप से वैज्ञानिक समुदाय के नैतिक और सामाजिक विवेक थे। वे एक बहुत महान् इनसान थे।

—रोडेम नरसिम्हा

श्रीमती बिक्सबी, बोस्टन, मैसाचुसेट्स।
Mrs Bixby, Boston, Massachusetts

प्रिय महोदया,

मुझे युद्ध विभाग की फाइलों में मैसाचुसेट्स के एडजुटेंट जनरल का एक बयान दिखाया गया है, जिसमें कहा गया है कि आप युद्ध के मैदान में शहीद होनेवाले पाँच बेटों की माँ हैं। मुझे पता है कि आपको इतने भारी नुकसान के दुःख से उबारने का प्रयास करनेवाला मेरा कोई भी शब्द कितना कमजोर और निरर्थक होगा; लेकिन जिस गणतंत्र को बचाने के लिए उन्होंने अपने प्राण दिए हैं, उसके धन्यवाद के रूप में आपको दी जानेवाली सांत्वना को मैं टाल नहीं सकता। मैं प्रार्थना करता हूँ कि हमारे स्वर्गीय पिता आपके शोक की पीड़ा को आत्मसात् कर सकते हैं और आपके केवल प्रिय एवं खोए हुए लोगों की पोषित स्मृति को छोड़ सकते हैं और आपको इस बात पर गर्व होना चाहिए कि आपने स्वतंत्रता की वेदी पर इतना बड़ा बलिदान दिया है।

—भवदीय और सम्मान के साथ, ए. लिंकन

स्मृति के रहस्यवादी तार इस विराट् भूमि पर फैले हुए प्रत्येक युद्धक्षेत्र और देशभक्त की कब्र से लेकर हर जीवित हृदय और घर तक जब फिर से छुआ जाएगा, तभी संघ का कोरस प्रफुल्लित हो जाएगा; जैसा कि निश्चित रूप से वे होंगे, हमारी प्रकृति के बेहतर स्वर्ग दूतों द्वारा।

—अब्राहम लिंकन

किसी के प्रति द्वेष के बिना, सभी के लिए परोपकार के साथ, सही के प्रति दृढ़ता के साथ, जैसा कि ईश्वर हमें सही देखने के लिए देता है, आइए, हम उस कार्य को समाप्त करने का प्रयास करें, जिसमें हम डूबे हुए हैं, राष्ट्र के घावों को भरेंगे, उसकी देखभाल करेंगे, जिसने युद्ध को भुगता है और उसकी विधवा एवं अनाथ के लिए तो ऐसा करें, जिससे आपस में और सभी देशों के बीच एक न्यायसंगत और स्थायी शांति हासिल कर सकें।

—अब्राहम लिंकन

आपको यह जानने की आवश्यकता है कि आप अलग हैं। आपको यह महसूस करने की आवश्यकता है कि आप जो सोचते हैं, उससे कहीं अधिक हैं और जितना आप सोचते हैं, उससे अधिक प्राप्त करके आपको अपने कार्यों के माध्यम से इसे साकार करने की आवश्यकता है।

... ...

जोखिम भरा, वहाँ क्या जोखिम हो सकता है? भय निर्बल का साहस है, साहस बलवान् का आभूषण है।

... ...

अनुभव ज्ञान देता है और ज्ञान शक्ति है। शक्ति शांति है और मैं शांति में था। चोटी पर चढ़ते समय आप ऊपर जाते हैं और नीचे भी। सबसे जरूरी चीज है, चलते रहना। जीवन की यात्रा में उतार और चढ़ाव अप्रासंगिक हैं।

—टिया : ए पैरेट्स जर्नी होम, समर्पण

यहाँ मुझे पेस्तनजी पादशाह की याद आ रही है। उनके साथ विलायत से ही मेरा मीठा संबंध हो गया था। पेस्तनजी से मेरा परिचय लंदन के एक अन्नाहारी भोजनालय में हुआ था। मैं जानता था कि उनके भाई बरजोरजी 'दीवाने' के नाम से प्रख्यात थे। मैं उनसे मिला नहीं था, पर मित्र-मंडली का कहना था कि वे 'सनकी' हैं। घोड़े पर दया करके वे ट्राम में न बैठते थे। शतावधानी के समान स्मरण-शक्ति होते हुए भी डिग्रियाँ न लेते थे। स्वभाव के इतने स्वतंत्र कि किसी से भी दबते न थे और पारसी होते हुए भी अन्नाहारी थे! पेस्तनजी ठीक वैसे नहीं माने जाते थे, पर उनकी होशियारी प्रसिद्ध थी। उनकी यह ख्याति विलायत में भी थी; किंतु हमारे बीच के संबंध का मूल तो उनका अन्नाहार था। उनकी बुद्धिमत्ता की बराबरी करना मेरी शक्ति के बाहर था।

बंबई में मैंने पेस्तनजी को खोज निकाला। वे हाई कोर्ट प्रोथोनोटरी (मुख्य लेखक) थे। मैं जब उनसे मिला, तब वे वृहद् गुजराती शब्दकोश के काम में लगे हुए थे। दक्षिण अफ्रीका के काम में मदद माँगने की दृष्टि से मैंने एक भी मित्र को छोड़ा नहीं था।

पेस्तनजी पादशाह ने तो मुझे भी दक्षिण अफ्रीका न जाने की सलाह दी। बोले, 'मुझसे आपकी मदद क्या होगी? पर मुझे आपका दक्षिण अफ्रीका लौटना ही पसंद नहीं है। यहाँ अपने देश में ही कौन कम काम है! देखिए, अपनी भाषा की ही सेवा का कितना बड़ा काम पड़ा है! मुझे विज्ञान संबंधी पारिभाषिक शब्दों के पर्याय ढूँढ़ने हैं। यह तो एक ही क्षेत्र है। देश की गरीबी का विचार कीजिए। दक्षिण अफ्रीका में हमारे भाई कष्ट में अवश्य हैं, पर उसमें आपके जैसे आदमी का खप जाना मैं सहन नहीं कर सकता। यदि हम यहाँ अपने हाथ में राजसत्ता

ले लें तो वहाँ उनकी मदद अपने आप हो जाएगी। आपको तो मैं समझा नहीं सकता, पर आपके जैसे दूसरे सेवकों को आपके साथ कराने में मैं भी मदद नहीं करूँगा।'

ये वचन मुझे अच्छे न लगे, पर पेस्तनजी पादशाह के प्रति मेरा आदर बढ़ गया। उनका देश-प्रेम और भाषा-प्रेम देखकर मैं मुग्ध हो गया। इस प्रसंग से हमारे बीच की प्रेम-गाँठ अधिक पक्की हो गई। मैं उनके दृष्टिकोण को अच्छी तरह समझ गया, पर मुझे लगा कि दक्षिण अफ्रीका का काम छोड़ने के बदले उनकी दृष्टि से भी मुझे उसमें अधिक जोर से लगे रहना चाहिए। देशभक्त को देश-सेवा के एक भी अंग की यथासंभव उपेक्षा नहीं करनी चाहिए और मेरे लिए तो 'गीता' का यह श्लोक तैयार ही था—

श्रेयान् स्वधर्मो विगुणः परधर्मात्स्वनुष्ठितात्।
स्वधर्मे निधनं श्रेयः परधर्मो भयावहः॥ गीता अ.3 श्लोक 35॥

ऊँचे परधर्म से नीचा स्वधर्म अच्छा है। स्वधर्म में मौत भी अच्छी है। परधर्म भयावह है।

—'सत्य के प्रयोग' अथवा आत्मकथा, मोहनदास करमचंद गांधी

लोकतंत्र मेरा राजनीतिक आदर्श है। प्रत्येक व्यक्ति को एक व्यक्ति के रूप में सम्मान दिया जाए और किसी भी व्यक्ति को आराधित न किया जाए। मेरी राय में, बल द्वारा शासन की एक निरंकुश प्रणाली जल्द ही पतित हो जाती है; बल कम नैतिकता के पुरुषों को आकर्षित करता है।

—द वर्ल्ड एज आई.सी. इट, अल्बर्ट आइंस्टीन

शांति और मौन में शाश्वत प्रकट होते हैं; किसी को भी परेशान करने मत दो और शाश्वत प्रकट हो जाएँगे। सबके लिए पूर्ण समानता रखो और शाश्वत तुम्हारे सामने होगा।...

—प्रेयर एंड मेडिटेशन, द मदर

इस दिन को देखें
Look to this Day

इस दिन को देखें—
इसके लिए जीवन है, जीवन का जीवन है।
इसके संक्षिप्त कोर्स में
अपने अस्तित्व के सभी सत्य और वास्तविकताओं को झूठ बोलें।
विकास का आनंद,
कारवाई की महिमा,
उपलब्धि के वैभव हैं, लेकिन समय के अनुभव हैं।
कल के लिए, लेकिन एक सपना है
और कल केवल एक दृष्टि है और आज अच्छी तरह से बनाता है।
कल खुशी का सपना और हर कल आशा की एक दृष्टि।
इसलिए, इस दिन को अच्छा दिखें, ऐसी है सदा नई सुबह का सलाम!

—कालिदास

आइंस्टीन का अंतरिक्ष वान गॉग के आकाश की तुलना में वास्तविकता के अधिक निकट नहीं है। विज्ञान की महिमा बाख या टॉल्स्टॉय की सच्चाई से अधिक पूर्ण सत्य में नहीं है, बल्कि स्वयं निर्माण के कार्य में है। वैज्ञानिक की खोजों ने अव्यवस्था पर अपना आदेश ठीक उसी प्रकार थोप दिया, जैसे संगीतकार या चित्रकार ने उसे लागू किया। एक आदेश, जो हमेशा वास्तविकता के सीमित पहलुओं को संदर्भित करता है और पर्यवेक्षक के संदर्भ के फ्रेम पर आधारित होता है। समयांतर के आधार पर उसी प्रकार भिन्न होता है, जैसे रेम्ब्रांड का नग्न एडुअर्ड मैनेट के नग्न से अलग होता है।

—द एक्ट ऑफ क्रिएशन, आर्थर कोएस्टलर

यदि
If

यदि तुम तब भी अपने मन पर काबू रख सकते हो,
जब सभी बेकाबू होकर तुम्हे दोष दे रहे हों।
अगर तुम खुद पर भरोसा रख सकते हो, जब सब तुम पर शक करें,
परंतु उनकी शिकायतों को भी तवज्जो दे सकते हो।
अगर तुम प्रतीक्षा कर सकते हो और प्रतीक्षा से थको नहीं
या झूठ का सामना करने पर झूठे बनो नहीं,
या घृणा का सामना करने पर घृणा करो नहीं,
फिर भी अति समझदार दिखो नहीं और अति बुद्धिमान बनो नहीं।

अगर तुम सपने देख सकते हो बिना सपनों का गुलाम बने,
अगर तुम सोच सकते हो बिना सोच का दास बने,
अगर तुम हार और जीत का सामना कर सकते हो
और दोनों ढोंगियों से एक-सा बरताव कर सकते हो,
अगर तुम अपने द्वारा बोले सच को दुष्टों के तोड़ने-मरोड़ने पर बरदाश्त कर सकते हो,
या जिन चीजों को तुमने अपनी जिंदगी दी, उन्हें बिखेरते हुए देख सकते हो
और झुककर फिर से उन टूटी वस्तुओं से अपना जहान बना सकते हो।

अगर तुम अपने जीवन की कमाई को एक साथ रखकर कंचे खेल सकते हो
और सबकुछ हारकर फिर से शुरुआत कर सकते हो

अपनी पराजय को गुप्त रखते हुए।
अगर तुम तब भी आगे बढ़ सकते हो,
जब तुम्हारा दिल, तुम्हारी नसें और अस्थि मांसपेशी भी जवाब दे दे,
अगर तुम डटे रह सकते हो, जब तुम्हारे अंदर कुछ शेष न हो,
सिवाय उस इच्छा-शक्ति के, जो कहती है, 'डटे रहो!'

अगर तुम भीड़ से बात करके भी अपनी नैतिकता बनाए रख सकते हो
और राजाओं के साथ चलकर भी आम व्यक्ति रह सकते हो।
अगर तुम्हारा दिल न दुश्मन, न दोस्त दुखा सके,
अगर सब तुम पर भरोसा रख सकते हो, पर कोई जरूरत से ज्यादा नहीं,
अगर तुम हर प्रतिकूल मिनट को साठ सेकंड दौड़ की ऊर्जा से भर सकते हो,
तो यह सारा जहाँ और इस जहाँ का सबकुछ तुम्हारा है,
और इस सबसे ज्यादा तुम एक इनसान बनोगे, मेरे बच्चे!

—रुडयार्ड किपलिंग

□

कुछ विचार

द राइम ऑफ द एनशि मैरिनयर (एक अंश)
The Rime of the Ancient Mariner (an excerpt)

अब, जैसे ही जहाज उत्तर की ओर रवाना हुआ,
सूर्य उसके दाईं ओर बढ़ गया,
फिर ऐसा लग रहा था कि
सूर्य समुद्र से बाहर आया है।

जैसा कि वे अभी भी धुंध में उलझे हुए थे,
सूर्य बहुत उज्ज्वल नहीं था
और धुंध से ढँका हुआ था।
यह प्रतीत हो रहा था कि सूर्य उनके बाईं ओर

समुद्र में कहीं गायब हो गया था।
दक्षिण से आनेवाली अनुकूल हवा ने अभी भी
नाव को चलने में मदद की,
हालाँकि पवित्र पक्षी अब नाव के आसपास नहीं था,
जैसा कि यह मर चुका था,
यह अब भोजन के लिए या नाविक के आह्वान पर
चालक दल के साथ खेलने के लिए नहीं आता था।

नाविक ने कबूल किया कि उसने एक पाप किया है,
जिससे वह बहुत दु:खी हुआ।

जहाज के चालक दल ने उसे पवित्र पक्षी माना
और उसे शगुन भी माना;
क्योंकि उसके आने से अच्छा मौसम हो गया था और
वे बर्फीली चट्टानों से बाहर निकल गए थे।

साथ ही उस पवित्र पक्षी को मारने के लिए
चालक दल ने उस नाविक को दोषी ठहराया।
उन्होंने कहा कि नाविक एक अपराधी था,
क्योंकि उसने भगवान् के पवित्र दूत को मार दिया था,
जिसे भगवान् ने हवा में उड़ने के लिए बनाया था।
जैसे ही जहाज उत्तर की ओर थोड़ा-सा बढ़ा,
सूर्य उचित रूप से चमक गया।
वह न तो मंद था और न ही बहुत चमकीला (लाल रंग का)।

वह भगवान् के सिर के आसपास के प्रभामंडल की तरह एकदम सही लग रहा था।

जहाज का चालक दल एक बार फिर से सूर्य को देखने से खुश था और अब उसने एक उलटा बयान दिया। चालक दल ने कहा कि नाविक ने उस पक्षी को मार दिया था, जो उसके साथ कोहरा और धुंध लाया था।

उन्होंने कहा कि नाविक ने कोहरे और धुंध लानेवाले पक्षी को मार गिराकर सही किया। (इससे पता चलता है कि चालक दल चंचल था और बदलती परिस्थितियों के अनुसार उसने अपनी राय बदल दी थी)।

एक अनुकूल हवा के साथ, जहाज तेजी से रवाना हुआ, जैसे ही जहाज आगे बढ़ा, उसने समुद्र की सतह पर अपने रास्ते में एक सफेद रंग का फोम छोड़ दिया। समुद्र बहुत शांत था और जीवन का कोई संकेत नहीं था। ऐसा लगता था कि नाविक का जहाज दुनिया के उस हिस्से में पहुँचनेवाला पहला जहाज था।

अचानक दक्षिणी हवा रुक गई और उसी समय जहाज ने भी नौकायन बंद कर दिया। समुद्र के बीच में फँसे होने से चालक दल दुःखी हो गया। मूक समुद्र में सुना जा सकनेवाला एकमात्र शोर चालक दल के सदस्यों के एक-दूसरे से बात करने का था।

मौसम बहुत गरम था और आकाश गरम सूर्य से निकलनेवाले ताँबे के रंग से भरा था। कवि ने सूर्य को खूनी के रूप में संबोधित किया है, क्योंकि यह चालक दल के पसीने और रक्त के लिए प्यासा लग रहा था। एक बार फिर सूर्य मस्तूल के ठीक ऊपर था, जो इंगित करता है कि वे भूमध्य रेखीय क्षेत्र में थे।

सूर्य चंद्रमा की तरह ही आकार में बहुत विशाल था। जहाज कई दिनों तक समुद्र में फँसा रहा। यह सब एक पेंटिंग की तरह लग रहा था, क्योंकि जहाज अब समुद्र में एक जगह फँसा हुआ था और बिल्कुल भी नहीं हिल रहा था। इसी तरह, नाविक का जहाज अभी भी समुद्र में गतिहीन था।

जहाज के चारों तरफ पानी था। जहाज के लकड़ी के तख्त सूर्य की शुष्क गरमी के कारण सिकुड़ गए। पेयजल समाप्त हो जाने से नाविक प्यासे थे। यद्यपि चारों ओर पानी था, लेकिन उनके पास पीने के लिए एक बूँद नहीं थी, क्योंकि समुद्र का पानी खारा था और इसलिए वह पीने के लायक नहीं था।

नाविक ने भगवान् से प्रार्थना की कि वह उस दृश्य को फिर से नहीं देखना चाहता, जब समुद्र सड़ रहा था। जहाज के आसपास के समुद्र में फिसलनेवाले और सड़नेवाले जीव थे।

ऐसा प्रतीत हो रहा था कि उनके आसपास मौत की आग विभिन्न प्रकार के नृत्य कर रही थी। समुद्र का पानी एक चुड़ैल के तेल की तरह था, जो जलते ही हरे, नीले और सफेद रंग के विभिन्न रंगों का उत्सर्जन करता था। (चुड़ैल का तेल शेक्सपियर के नाटक 'मैकबेथ' से लिया गया है, जिसमें चुड़ैल ने एक जादुई तेल को जलाया था, जो अलग-अलग रंगों को उत्सर्जित करता था)।

चालक दल के कुछ सदस्यों ने सपना देखा कि पवित्र अल्बाट्रॉस के भूत ने उनकी हत्या का बदला लेने के लिए उनके जहाज का अनुसरण किया था। जहाँ उसे गोली मरी गई थी, वह वहीं से समुद्र के नीचे के रास्ते से नाव का पीछा कर

रहा था और कोसों तक नाव का पीछा कर रहा था।

लंबे समय तक प्यास के कारण चालक दल के सभी सदस्यों की जीभ अंत तक सूख गई थी। वे बोलने में असमर्थ थे और उनके गले सूखे हुए थे, जैसे कि वे सूखे धुएँ से भरे हों। जहाज के सभी चालक दल के सदस्य—बूढ़े और जवान नाविक को घृणा की नजरों से घूर रहे थे।

उन्होंने सोचा कि वे अल्बाट्रॉस की पवित्र आत्मा द्वारा उन्हें दिए गए अभिशाप के कारण पीड़ित थे। उसके द्वारा किए गए पाप के लिए इसे दंडित करने के लिए नाविक के गले से क्रॉस को हटा दिया गया और मारा हुआ अल्बाट्रॉस का शव उसके गले में लटका दिया गया। यह उसे लंबे समय तक उसके द्वारा किए गए पाप की याद दिलाएगा।

—सैमुअल टेलर कॉलरिज

जिन व्यक्तियों का मानव प्रकृति में कोई विश्वास नहीं है, वे यह सोचने के लिए उपयुक्त नहीं हैं कि ऐसी परिस्थितियाँ मनुष्य में शाश्वत हैं—ये नैतिक आदर्श केवल मनुष्यों के लिए हैं; लेकिन दौड़ उस आदिम प्रकृति से संबंधित है, जो पशु के लिए है और उनके अनुसार, नस्लीय जीवन में, यह आवश्यक है कि जानवर को संदेह, ईर्ष्या, भयंकर, विनाशकारी, क्रूर बलात्कार के प्रशिक्षण का अपना पूरा पंथ होना चाहिए। वे नफरत से भावुकतापूर्ण कमजोरी को 'ब्रॉण्ड आशावाद' के रूप में प्रस्तुत करते हैं और फिर भी उस विषैले संदेह के बावजूद एक विशाल परिवर्तन ने खुद को सभ्यता के सबसे गहरे रसातल से सभ्यता के विकास के दौरान काम किया है। मैं यह मानने से इनकार करता हूँ कि मानव समाज नैतिक संभावना की अपनी सीमा तक पहुँच गया है। हमें असंभव प्रतीत होने के लिए अपनी पूरी ताकत से काम करना चाहिए और यह विश्वास करना चाहिए कि पूर्ण की प्राप्ति के लिए मानव आत्मा की गहराई में निरंतर आग्रह है, जो आग्रह चुपके से अच्छे के लिए हमारे सभी प्रयासों में हमारी मदद करता है। यह विश्वास शैक्षिक मिशन में मेरी एकमात्र संपत्ति है, जिसे मैंने अपने जीवन

का काम बना लिया है और लगभग बिना पढ़े और अकेले मैं अपने रास्ते पर संघर्ष करता हूँ। मैं अपने शब्दों और कार्यों में जोर देने की कोशिश करता हूँ कि शिक्षा का स्वतंत्रता में एकमात्र अर्थ और उद्देश्य है—ब्रह्मांड के नियमों के बारे में अज्ञान से मुक्ति और मानव दुनिया के साथ हमारे संचार में जुनून एवं पूर्वग्रह से मुक्ति।

मैंने विदेशी धरती से विचारकों और विद्वानों को आमंत्रित किया कि वे हमारे लड़कों को यह बताएँ कि जब हम उन लोगों के साथ व्यवहार करते हैं, जो महान् हैं, हमारी सामान्य संगति को महसूस करना कितना आसान है और यही वह दंड है, जो अपने क्षुद्र व्यसनों के साथ मनुष्य एवं मनुष्य के बीच अवरोध स्थापित करते हैं।

—द आइडियल्स ऑफ एजुकेशन, रवींद्रनाथ टैगोर

ब्रह्मा
Brahma

अगर खूनी हाथवाला हत्यारा यह सोचता है कि उसने किसी की जान ली है,
और अगर मृतक यह सोचता है कि किसी ने उसकी हत्या की है,
वे दोनों ही अच्छे तरीके से नहीं जानते हैं ईश्वर के रहस्य के बारे में,
मैं ही आत्मा को शरीर में भेजता हूँ, मारता हूँ
और उनको पुनः जीवन प्रदान करता हूँ।

दूर की और भुला दी गई वस्तु में परमात्मा का ही वास होता है;
परछाईं और सूर्य का प्रकाश दोनों ही एक-दूसरे के समान हैं;
ऐसे ईश्वर, जो दिखाई नहीं देते हैं, वे भी हमें प्रतीत होने लगते हैं;
मनुष्य उस परमात्मा को चाहे शर्मिंदा करे या उसकी प्रशंसा करे,
उस परमात्मा पर कोई असर नहीं पड़ता।

परमात्मा को न माननेवाले नास्तिक मेरा परित्याग करते हैं;
जब वे उड़कर मुझसे दूर जाने का प्रयास करते हैं
तो मैं उनके पंख बन जाता हूँ;
अगर कोई परमात्मा पर संदेह करता है तो वह शक भी मैं ही हूँ;
मैं ही वह श्लोक हूँ, जिसे ब्राह्मण गाते हैं।

शक्तिशाली देवता भी ब्रह्म के साम्राज्य में
स्थायी स्थान पाने की इच्छा रखते हैं,

और उनकी इस प्रकार की सप्त ऋषियों वाली
सात इच्छाएँ बेकार हो जाती हैं;
जब तक ईश्वर के सच्चे भक्त सच्चाई के मार्ग को अपनाकर आगे बढ़ें,
मुझे प्राप्त करने के लिए वे अपने आपको जन्म-मरण के बंधन से मुक्त कर लेते हैं।

—राल्फ वाल्डो इमर्सन

मेरी माँ ने मुझे एक सलाह दी थी, 'बेटा, अपने पूरे जीवनकाल में अगर आप किसी और के जीवन को बचा सकते हैं या बेहतर कर सकते हैं तो एक इनसान के रूप में आपका जन्म और आपका जीवन सफल है। आपके ऊपर सर्वशक्तिमान ईश्वर का आशीर्वाद है।'

—एम.के. गांधी

अनुशासनहीन व्यक्ति सिर्फ अपने लिए ही गलत नहीं करता है,
वह पूरी दुनिया में आग लगा देता है।
अनुशासन ने स्वर्ग को प्रकाश से भरने में सक्षम बनाया;
अनुशासन ने स्वर्गदूतों को बेदाग और पवित्र बनाया...
दुनिया की चापलूसी और पाखंड एक मीठा निवाला है।
इसे कम खाओ, क्योंकि यह आग से भरा है।
इसकी आग छिपी हुई है, जबकि इसका स्वाद प्रकट है;
लेकिन इसका धुआँ अंत में दिखाई देता है।
......

आप क्षमता के साथ पैदा हुए थे।
आप अच्छाई और विश्वास के साथ पैदा हुए थे।
आप आदर्शों और सपनों के साथ पैदा हुए थे।
आप महानता के साथ पैदा हुए थे।
आप पंखों के साथ पैदा हुए थे।
आप रेंगने के लिए पैदा नहीं हुए हैं, तो ऐसा मत कीजिए।
आपके पास पंख हैं।
उनका प्रयोग करना सीखें और उनके साथ उड़ें।

—*रूमी*

आपने अपने कार्यों के माध्यम से दिखाया है कि हिंसा के बिना भी उन लोगों के साथ सफल होना संभव है, जिन्होंने हिंसा का तरीका नहीं छोड़ा है। हम उम्मीद कर सकते हैं कि आपका उदाहरण आपके देश की सीमाओं से परे फैलेगा और एक अंतरराष्ट्रीय प्राधिकरण स्थापित करने में मदद करेगा, जिसका सब सम्मान करेंगे, जो निर्णय लेगा और युद्ध के संघर्षों को प्रतिस्थापित करेगा।

—अल्बर्ट आइंस्टीन (एम.के. गांधी को लिखे पत्र में)

1. मदद लेने में संकोच न करें। आपके सामने कार्य यह है कि आपको अपने सामने आनेवाली सभी चुनौतियों से ठीक उसी तरह पार पाना है, जैसे एक तूफानी पार्टी में एक सिपाही बहुत से कामों को पूरा करता है। मान लीजिए कि आप लँगड़े हैं और स्वयं दीवार पर चढ़ नहीं सकते, इसके बावजूद इसे दूसरे की मदद से किया जा सकता है।
2. भविष्य में खुद को परेशान न करने दें; आपके लिए यह करने के लिए आ जाएगा। अगर आप आते हैं, आपके साथ अक्सर वही कारण है, जो आप वर्तमान का उपयोग करने के लिए अब उपयोग कर रहे हैं।
3. लड़खड़ानेवाले से भी प्यार करना मनुष्य की एक प्रकृति है। यह भावना उस समय होती है, जब यह उस समय आपके साथ होता है, जब पुरुष आपके दयालु होते हैं और अज्ञानता के कारण तथा उनकी इच्छा के विरुद्ध गलत हो जाते हैं। थोड़ी देर में तुम दोनों मृत हो जाओगे; लेकिन सबसे बढ़कर कि उसने आपको कोई नुकसान नहीं पहुँचाया, क्योंकि उसने आपके शासन को पहले से भी बदतर नहीं बनाया।

—मेडिटेशन, मार्कस ऑरेलियस

साहस
Courage

साहस वह मूल्य है, जो जीवन शांति देने के लिए वसूलता है।
वह आत्मा, जो इसे जानती है, नहीं छोड़ती
छोटी चीजों से—
जानता है, भय का अकेला अकेलापन नहीं,
न ही पहाड़ की ऊँचाइयाँ, जहाँ कड़वे आनंद को सुन सकता है
पंखों की आवाज।
जीवन हमें जीने का वरदान कैसे दे सकता है, क्षतिपूर्ति कर सकता है
सुस्त ग्रे कुरूपता और गर्भवती घृणा के लिए
जब तक हम हिम्मत नहीं करते
आत्मा का प्रभुत्व?
जब भी हम चुनाव करते हैं, हम भुगतान करते हैं
निडरता के साथ निडर होने के लिए,
और इसे उचित मानें।

—अमेलिया ईअरहार्ट

"...राज्य को स्थापित करने के पीछे का हमारा उद्‌देश्य किसी एक वर्ग की असंगत खुशी नहीं था, बल्कि सबके लिए बहुत बड़ी खुशी था। हमने सोचा कि जिस राज्य में पूरे देश की भलाई के लिए आदेश दिया गया हो, हमें न्याय पाने की सबसे अधिक संभावना होनी चाहिए और दुर्दांत राज्य के अन्याय में; और उन्हें ढूँढ़ने के बाद हम यह तय कर सकते हैं कि दोनों में से कौन सबसे ज्यादा खुश है! मैं मानता हूँ कि हम वर्तमान में एक प्रसन्न राज्य तैयार कर रहे हैं, टुकड़े-टुकड़े नहीं कर रहे हैं या कुछ नागरिकों को खुश बनाने के दृष्टिकोण के साथ, लेकिन एक संपूर्ण के रूप में—और जल्द ही हम राज्य के विपरीत प्रकार को देखने के लिए आगे बढ़ेंगे। मान लीजिए कि आप एक मूर्ति तैयार कर रहे हैं और कोई आपके पास आए और कहे, 'आपने इसके शरीर के सबसे खूबसूरत भागों में सबसे सुंदर रंग क्यों नहीं किए? आँखों को बैंगनी रंग का होना चाहिए, जबकि आपने काला कर दिया है?' तो आप उसे आराम से जवाब दे सकते हैं कि 'महोदय, निश्चित ही आप हमें आँखों को इस हद तक सुंदर नहीं करने देंगे कि वे आँखें लगें ही न। इसके बजाय इस बात पर विचार करें कि इसे और अन्य विशेषताओं को उनका उचित अनुपात देते हुए हम सबको सुंदर बनाते हैं।'

—डायलॉग्स ऑफ प्लेटो

यह भी गुजर जाएगा (एक अंश)
This Too, Will Pass (an extract)

यह भी गुजर जाएगा। ऐ दिल, इसे बार-बार कहो,
आपके गहरे दु:ख से बाहर, अपने गहरे शोक से बाहर,
कोई चोट हमेशा के लिए नहीं होती
राहत पहुँचाएगा
शायद कल
यह भी गुजर जाएगा।

—ग्रेस नॉल क्रॉवेल

अपना भला देखकर जो मनुष्य प्रसन्न होता है,
उसे आपत्ति आने पर क्यों दुःखी होना चाहिए?

—अध्याय 38, श्लोक 379

......

होनी से बढ़कर और बलवान् कौन है?

क्योंकि जब भी मनुष्य उसके फंदे से छूटने का यत्न करता है, तब ही वह आगे बढ़कर उसको पछाड़ देती है।

—अध्याय 38, श्लोक 380

—तिरुक्कुरल

जहाँ चित्त भय शून्य है
Where the Mind is without Fear

जहाँ चित्त भय शून्य है, जहाँ मस्तक उच्च रहता है,

जहाँ ज्ञान मुक्त है, जहाँ जगत् (राष्ट्र) घराऊ दीवारों से खंड-खंड नहीं कर दिया गया है,

जहाँ शब्द सत्यता की गहराई से निकलते हैं, जहाँ अनर्थक पुरुषार्थ अपनी भुजाओं को पूर्णता की ओर बढ़ाता है,

जहाँ तर्क की निर्मल धारा ने अपने अमृत को मृत रूढ़ि (रस्म-रिवाज) की भयानक मरुभूमि में नष्ट नहीं कर दिया है,

जहाँ (के निवासियों का) मन सदा विस्तृत होनेवाले विचारों और कर्मों की ओर अग्रसर रहता है,

ऐ मेरे पिता! स्वतंत्रता के ऐसे दिव्य लोक में मेरा प्यारा देश जाग्रत् हो।

—रवींद्रनाथ टैगोर

मानव जीवन का रहस्य
Human Life's Mystery

हम मिट्टी में बीज बोते हैं, हम मकई काटते हैं,
हम घर बनाते हैं, जहाँ हम आराम कर सकते हैं,
और फिर क्षणों में अचानक
हम बड़े चौड़े आकाश की ओर देखते हैं,
पता करते हैं, हम किसलिए पैदा हुए थे···
गांभीर्य के लिए या हँसी-ठिठोली के लिए?

इंद्रियाँ मोटी और अँधेरी तह हो रही हैं,
भीतर की दबाई हुई आत्मा के बारे में,
हम दिव्य चीजों से परे अनुमान लगाते हैं
और दुःखी होते हुए उनके लिए लालायित होते हैं;
हम आँख मूँदकर एक निशान को चुनते हैं
विश्वास करते हैं, लेकिन देखा नहीं।

हम साँस फूलने और रोमांच के लिए काँपते हैं
अनंतकाल तक इस पर अंकुश लगा है
भगवान् की सीट के बारे में नागिन-सुतली में
अपने पैरों को ऊपर की ओर ताजा करते हुए,
क्रमिक विकास में उनकी पूर्ण उत्कट इच्छा-शक्ति
दुनिया से दुनिया तक फैलती है।

और गाँठ और अतिरिक्त में
सूर्य के तहत कार्य और जुनून की,
हम कभी-कभी सुनते हैं—ओह, नरम और दूर,
जैसे-जैसे सिल्वर स्टार ने स्टार के साथ टच किया,
शांति और धर्म के चुंबन
सभी चीजों के माध्यम से जो किया जाता है।

भगवान् अपने पवित्र रहस्यों को रखता है
सिर्फ आदमी के सपने के बाहर
डायपसन् में धीमे, हम सोचते हैं
उनके धक्कों को सुनने और डूबने के लिए,
जबकि वे अपनी आँखों के नीचे शुद्ध तैरते हैं,
जैसे हंस एक धारा को निहारते हैं।

सार, वे हैं रूपों से
उनकी महान् सुंदरता?
उसकी महान् महिमा से?
हम क्या होंगे?
हम जो हैं—बछड़ों और तूफानों में,
हमारी शांति और भावनाओं से परे?

बातें बेकार! जो इसलिए गुजरने में,
एक सूक्ष्म अनुग्रह के साथ हमें स्ट्रोक।
हम कहते हैं, 'कौन गुजरता है?'—वे गूँगे हैं।
हम उन्हें जाते या आते नहीं देख सकते हैं—
उनके स्पर्श शीतल, शीतल, हिम के रूप में होते हैं
एक अंधे आदमी के चेहरे पर।

फिर भी, ऐसा करते हुए वे ऊपर खींचते हैं
स्वर्ग के अज्ञात के लिए हमारे सामान्य विचार,
हमारे दैनिक आनंद और दर्द अग्रिम
एक दिव्य महत्त्व के लिए,
हमारा मानव-प्रेम—हे नश्वर प्रेम,
वह प्रकाश उसका अपना नहीं है!

और कभी-कभी हॉरर हमारे खून को ठंडा कर देता है
ऐसी फकीर चीजों के पास होना,
और हम रक्षा के लिए हमें गोल लपेटते हैं
हमारे बैंगनी शिष्टाचार, भावना के मूड—
भगवान् के चेहरे से स्वर्ग दूतों के रूप में
उनके पंखों में छिपी रहो।

और कभी-कभी जीवन के भारी झटकों के माध्यम से
हम उनके लिए काम करते हैं।
हम विदेश में अपने हाथ बढ़ाते हैं और कोशिश करते हैं
उन्हें हमारी पीड़ा में पहुँचाने के लिए
और चौड़ा, इतना व्यापक जीवन-घाव,
जो जल्द ही मौत के लिए काफी बड़ा है।

—एलिजाबैथ बरेट ब्राउनिंग

'...हालाँकि उदारपंथी शिक्षा उत्तम नहीं है, इसके बावजूद यह जीवन और उसकी अनिवार्यताओं के लिए सबसे अच्छी माजूद तैयारी है...उदारपंथी शिक्षा ने मुझे इच्छाओं के उस सबसे मानवीय रूप से मदद की है—आदेश देने की तड़प और मेरे अनुभव से परे की समझ।'

—सीइंग लाइफ होल, डाना कुक ग्रॉसमैन

धम्म को दूसरों को तब ही सिखाया जाना चाहिए, जब शिक्षा देनेवाले व्यक्ति के भीतर पाँच गुण स्थापित हों। कौन से पाँच?

1. धम्म को विचार के साथ सिखाया जाना चाहिए, 'मैं उत्तरोत्तर बोलूँगा।'
2. धम्म को विचार के साथ सिखाया जाना चाहिए, 'मैं अनुक्रम की व्याख्या करते हुए बोलूँगा {कारण और प्रभाव के}।'
3. धम्म को विचार के साथ सिखाया जाना चाहिए, 'मैं करुणा से बोलूँगा।'
4. धम्म को विचार के साथ सिखाया जाना चाहिए, 'मैं भौतिक पुरस्कार के उद्‌देश्य से नहीं बोलूँगा।'
5. धम्म को विचार के साथ सिखाया जाना चाहिए, 'मैं स्वयं को या दूसरों को चोट पहुँचाए बिना बोलूँगा।'

—उदयी सुत्त : अबाउट उदयीन, अंगुत्तर निकाय

दुनिया के अधिकांश लोग अपने बाहरी जीवन में दिखनेवाली समस्याओं को ठीक करने के लिए संघर्ष करते हैं; हालाँकि इन लोगों में से अधिकांश को अहसास नहीं है कि बाहरी दुनिया में उनकी समस्याएँ उनके विश्वासों, आंतरिक संघर्ष एवं भय का परिणाम हैं और यह सब स्वयं की गलत भावना से उत्पन्न होता है। इसका मतलब यह है कि जब तक कि वे मूल समस्या, झूठे स्व में उनके विश्वास, को हल नहीं करते हैं, बाहरी दुनिया की उनकी समस्याओं का कोई अंत नहीं होगा।

—अंडरस्टैंड द ट्रू सेल्फ : द ट्रेजर विदइन, फ्लॉयड जेरेड

□

प्रकाश

एक किसान ने पूछा—हमसे कार्य के बारे में कुछ कहो।

देवदूत ने यह कहते हुए उत्तर दिया—

तुम धरती और उसकी आत्मा के साथ-साथ चलने और संतुलन बनाए रखने के लिए काम करते हो। क्योंकि निष्क्रिय होना समय से अपना तारतम्य तोड़ देना है और जीवन के उस विहान से बाहर निकल जाना है, जो कि प्रतिष्ठा और गर्वपूर्ण आसक्ति के साथ अनादि की ओर अग्रसर होता जाता है।

कार्य करते समय तुम वह मुरली हो, जिसके सुर रूपी हृदय के समय की फूँक एक संगीत में परिवर्तित हो जाती है।

तुम में से ऐसा कौन है, जो गूँगे और मौन बाँस की तरह रहना चाहेगा, जबकि और सब लोग एक होकर गीत गा रहे हैं?

तुमसे सदैव कहा गया है कि कार्य एक अभिशाप है और परिश्रम एक दुर्भाग्य।

लेकिन मैं तुमसे कहता हूँ कि कार्य करते समय तुम धरती के परम स्वप्न के उस अंश की पूर्ति करते हो, जो तुम्हें स्वप्न की उत्पत्ति होने पर दिया गया था।

श्रम से जीवन निर्वाह करने पर यथार्थ में तुम जीवन से प्रेम कर रहे हो।

और श्रम करके जीवन से प्रेम करना जीवन के अंतरतम रहस्य से आत्मीयता स्थापित कर लेना है।

....

प्रेमपूर्वक कार्य करना क्या है?

यह तुम्हारे हृदयों से खिंचे धागों द्वारा कपड़ा बुनना है, इसलिए कि तुम्हारी प्रियतमा इस कपड़े को पहनेगी।

यह लगनपूर्वक एक मकान बनाना है, इसलिए कि तुम्हारी प्रियतमा इस मकान में निवास करेगी।

यह कोमलता के बीज बोना और प्रफुल्लता के साथ फसल काटना है, इसलिए कि तुम्हारी प्रियतमा इसके फल खाएगी।

यह तुम्हारी निर्मित की गई सभी चीजों को तुम्हारी अपनी ही आत्मा की साँस द्वारा उत्तेजित करना है और यह जानना है कि सभी धनवान् कर्म तुम्हारे निकट खड़े हैं और तुम्हें निहार रहे हैं।

......

प्रेम का दृष्टिगोचर होना ही कार्य है।

यदि तुम प्रेमपूर्वक काम करने में असमर्थ हो और कार्य में अरुचि रखते हो तो उत्तम है कि तुम अपना कार्य छोड़ दो और मंदिर के दरवाजे पर बैठकर प्रेमपूर्वक कार्य करनेवालों से भीख माँगो।

क्योंकि यदि तुमने उदासीन भाव द्वारा रोटी पकाई तो वह कड़वी रोटी बनेगी, जो मनुष्य की केवल आधी भूख को तृप्त कर सकेगी।

और यदि तुमने अंगूरों से रस निकालने में द्वेष-भाव दिखाया तो तुम्हारा द्वेष-भाव इसके साथ विष भी निचोड़ देगा।

और चाहे तुम देवताओं की तरह क्यों न गाओ, लेकिन गाने से प्रेम न करो तो तुम मनुष्य के कानों को दिन और रात की आवाजों के लिए गूँगा कर दोगे।

—द प्रोफेट, खलील जिब्रान

अब, जब कर वसूलनेवाले और पापी सभी उसे सुनने उसके पास आने लगे थे तो फरीसी और यहूदी धर्मशास्त्री बड़बड़ाते हुए कहने लगे, "यह व्यक्ति तो पापियों का स्वागत करता है और उनके साथ खाता है!" इस पर यीशु ने उन्हें यह दृष्टांत कथा सुनाई, "मानो तुममें से किसी के पास सौ भेड़ें हैं और उनमें से कोई एक खो जाए तो क्या वह निन्यानबे भेड़ों को खुले में छोड़कर खोई हुई भेड़ का पीछा तब तक नहीं करेगा, जब तक कि वह उसे पा न ले? फिर जब उसे भेड़ मिल जाती है तो वह उसे प्रसन्नता के साथ अपने कंधों पर उठा लेता है और जब घर लौटता है तो अपने मित्रों व पड़ोसियों को पास बुलाकर उनसे कहता है, 'मेरे साथ आनंद मनाओ, क्योंकि मुझे मेरी खोई हुई भेड़ मिल गई है।' मैं तुमसे कहता हूँ, इसी प्रकार किसी एक मन फिरानेवाले पापी के लिए उन निन्यानबे धर्मी पुरुषों से, जिन्हें मन फिराने की आवश्यकता नहीं है, स्वर्ग में कहीं अधिक आनंद मनाया जाएगा।

—द पैरेबल ऑफ द लॉस्ट शीप, पवित्र बाइबल

हिंदू देवताओं में रामानुज की आस्था, यह बात फिर दोहराई जा रही है, उनकी गणितीय प्रतिभा की व्याख्या नहीं करती है; लेकिन अलौकिक शक्तियों के प्रति उनका खुलापन एक अनिश्चित, लचीले और कारणों एवं प्रभाव के प्रति लोचदार धारणाएँ इस बात की ओर इशारा करती हैं कि उनका मन उन्हें इस बात के लिए ग्रहणशील छोड़ गए कि अधिक शुद्ध तार्किक उपहारों से लैस लोग क्या नहीं देख सकते; दूसरों को असंबद्ध के रूप में जो मिला, उसे मिलाकर समय से पहले खारिज करने से पहले गले लगा लिया।

—द मैन हू न्यू इन्फिनिटी, रॉबर्ट कैनिगेल

दस साल की उम्र में मैंने पहली बार हवाई जहाज देखा। यह डेस मोइनेस में आयोवा राज्य मेले में थोड़ा संलग्न क्षेत्र में खड़ा था। यह जंग लगी तार और लकड़ी की चीज थी और बिल्कुल भी अच्छा नहीं लग रहा था। वहाँ पर मौजूद बड़ों में से एक ने मेरी ओर देखकर मुझे इशारा किया और कहा, 'देखो प्रिय, यह उड़ता है।' जैसा उन्होंने कहा, मैंने किया; लेकिन मैं यह स्वीकार करना चाहती हूँ कि उस समय मेरी दिलचस्पी आड़ू की उलटी टोकरी से बनी एक बेढंगी टोपी में अधिक थी, जिसे मैंने अभी पंद्रह सेंट में खरीदा था।

इस घटना के आलोक में व्यवहार को देखते हुए मनोचिकित्सक क्या निष्कर्ष निकालेंगे, मुझे नहीं पता और मैं अपने सिर पर कुछ मिनटों के लिए टोपी पहनने से भी नफरत करती हूँ और मुझे इस बात का पूरा भरोसा है कि अगर मेरे पास कोई हवाई जहाज मौजूद हो तो मैं शानदार रचना तैयार कर पाऊँगी।

—लास्ट फ्लाइट, अमेलिया ईयरहार्ट

सिर्फ एक मनुष्य सोच सकता है और इस प्रकार समाज के लिए नए मूल्यों का निर्माण करता है, न ही यहाँ तक कि नए नैतिक मानकों को भी गढ़ता है, जिन्हें समाज का जीवन भी मान्यता प्रदान करता है। रचनात्मक, स्वतंत्र रूप से सोचने वाले और निर्णय कुशल व्यक्तित्वों के बिना समाज का विकास वैसे ही अकल्पनीय है, जैसे समुदाय की पौष्टिक मिट्टी के बिना व्यक्तिगत व्यक्तित्व का विकास।

इस प्रकार, समाज का स्वास्थ्य व्यक्तियों की स्वतंत्रता पर काफी निर्भर करता है, जो इसे अपने घनिष्ठ सामाजिक सामंजस्य पर आधारित बनाता है।

—द वर्ल्ड एज आई सी इट, अल्बर्ट आइंस्टीन

द एनईड (एक अंश)
The Aeneid (an extract)

हथियार और आदमी मैं गाता हूँ, जिसने भाग्य से मजबूर किया
और हँसी जूनो की अविश्वसनीय नफरत,
निष्कासित और निर्वासित, ट्रोजन किनारे छोड़ दिया।
समुद्र और भूमि दोनों के द्वारा लंबे मजदूर, उन्होंने बोर किया;
और संदेहपूर्ण युद्ध में, जीतने से पहले
लैटिन क्षेत्र और निर्मित शहर,
उसके परमात्मा ने अधिकार परमात्मा को दे दिया
और अपनी लाइन में निश्चित उत्तराधिकार का निपटान किया;
जहाँ से अल्बान पिता की दौड़ आती है,
और राजसी रोम की लंबी झलकियाँ।
हे संग्रहालय! कारण और अपराध संबंधित हैं—
देवी क्या उकसानेवाली थी और किससे नफरत करती थी;
किस अपराध के लिए हेडन की रानी शुरू हुई
इतने बहादुर को सताने के लिए, बस एक आदमी;
अंतहीन चिंताओं में अपने चिंतित जीवन का आनंद
चाहता है और युद्ध में जल्दबाजी उजागर!
इस तरह के उच्च आक्रोश दिखाने के लिए भारी मन हो सकता है,
या मानव शोक में उनके बावजूद व्यायाम करें?
तिबर के मुँह के खिलाफ, लेकिन बहुत दूर,
एक प्राचीन शहर समुद्र पर बैठा था—
एक टायरियन कॉलोनी लोगों ने बनाया
युद्ध के लिए डटकर और उनके व्यापार का अध्ययन :

कार्थेज नाम जूनो द्वारा प्रिय अधिक
उसकी खुद की आर्गोस या सामियन किनारे से।
यहाँ उसका रथ खड़ा था, यहाँ अगर हेवन दयालु थे,
भयानक साम्राज्य की सीट उसने डिजाइन की थी।
फिर भी उसने एक प्राचीन अफवाह उड़ने के बारे में सुना था,
(आकाश के लोगों द्वारा उद्धृत लंबे समय तक)
आनेवाले समय में ट्रोजन दौड़ को देखना चाहिए,
उसका कार्थेज खँडहर और उसका टोर्स दोष;
न ही इस प्रकार, संप्रभु बोलबाला के जुए को परिभाषित करेगा
सभी राष्ट्रों की गरदन पर पैर रखना चाहिए।
वह इस पर विचार करती है और डरती है कि यह भाग्य में था;
और न ही वह युद्ध भूल सकता है, जो उसने देर से किया था
ट्रोजन राज्य के खिलाफ ग्रीस को जीतने के लिए।
इसके अलावा, उसके दिमाग में काम करने के लंबे कारण,
और ईर्ष्या के गुप्त बीज, पीछे रखना;
उसके दिल में गहरी कब्र कयामत बनी रहेगी
आंशिक पेरिस की और उसके रूप का तिरस्कार किया गया;
कृपा बरसाती पर बहुत अच्छा लगेगा,
इलेक्ट्रा की खासियतें और उसके बिस्तर पर बिस्तर।
प्रत्येक अकेले एक कारण था और सभी संयुक्त
उसके घृणित मन में प्रतिशोध करने के लिए।
इसके लिए लटियन तट से बहुत दूर
उसने ट्रोजन होस्ट के अवशेषों को निकाल दिया;
और सात साल तक दुःखी भटकती ट्रेन
तूफानों से टॉस करेंगे और मुख्य को तितर-बितर करेंगे।
ऐसे समय में इस तरह के शौचालय रोमन नाम के लिए अपेक्षित है,
इतने विशाल फ्रेम के लिए श्रम की इतनी लंबाई।

—बुक 1, विर्जिल

कोई व्यक्ति लौकिक चेतना की अवस्था को तब पा सकता है, जब वह आत्म-चेतना की दुनिया की उच्च श्रेणी से संबंधित (कहने के लिए) हो। ऐसा नहीं है कि उसे एक असाधारण बुद्धि की आवश्यकता है (इस संकाय का मूल्यांकन किया जाता है, जो आमतौर पर इसके वास्तविक मूल्य से बहुत अधिक होता है और इस दृष्टि से यह इतना महत्त्वपूर्ण नहीं लगता है, जैसा कि कुछ अन्य लोग करते हैं) हालाँकि इसके साथ ही उसे इस मामले में न्यून नहीं होना चाहिए। उसके पास एक अच्छा डील-डौल, अच्छा स्वास्थ्य होना चाहिए; लेकिन इन सबसे ऊपर उसके पास एक उच्च नैतिक स्वभाव, दृढ़ सहानुभूति, एक विशाल हृदय, दृढ़ व मजबूत धार्मिक भावना होनी चाहिए। इन सभी गुणों से परिपूर्ण होने के बाद जब एक व्यक्ति आत्म-सचेत मानसिक स्तर के शीर्ष पर पहुँचने के लिए आवश्यक आयु में पहुँच जाता है तो एक दिन वह आत्म-चेतना में प्रवेश करता है। उसका अनुभव क्या है? विवरण को विनय के साथ दिया जाना चाहिए, क्योंकि लेखक की जानकारी में ऐसे सिर्फ कुछ ही मामले हैं और निस्संदेह घटनाएँ विविध और मुख्तलिफ हैं, हालाँकि यहाँ पर जो कुछ भी कहा गया है, वह इस पर निर्भर है कि यह कहाँ तक जाता है? कुछ मामलों में यह सत्य है और कुछ अन्य चुनिंदा मामलों में तो यह पूर्ण रूप से सत्यता को छूता है, ताकि इसे अनंतिम रूप से सही होने के लिए देखा जा सके।

- बिना किसी चेतावनी के, एकाएक, व्यक्ति को लगता है कि वह ज्वाला में या गुलाबी रंग के बादल में तल्लीन हो गया है या फिर उसके मन में अहसास आता है कि शायद उसका मस्तिष्क धुंध के बादलों से भर गया है।

- उसी पल में वह, जैसा था, खुशी, आश्वासन, विजय, 'मोक्ष' की भावना में नहाया हुआ; हालाँकि अगर इसे सामान्य अर्थ में लें तो अंतिम शब्द विशुद्ध रूप में सही नहीं है, लेकिन भावना के लिए, पूर्ण विकसित होने पर, न सिर्फ मोक्ष का एक विशेष कार्य ही प्रभावित होता है, लेकिन किसी विशेष 'मोक्ष' की जरूरत नहीं होती। जिस योजना पर दुनिया बनी है, वह स्वयं पर्याप्त है।
- उपर्युक्त भावना और भावनात्मक अनुभवों के साथ ही या तुरंत बाद, व्यक्ति के भीतर एक ऐसी बौद्धिक रोशनी आती है, जिसका वर्णन करना बिल्कुल असंभव है। एक फ्लैश की तरह उसकी चेतना को ब्रह्मांड के अर्थ और बहाव की रूपरेखा में एक स्पष्ट धारणा (एक दृष्टि) प्रस्तुत होती है। वह केवल विश्वास करने के लिए नहीं आता है; लेकिन वह देखता है और जानता है कि ब्रह्मांडीय, जो आत्मचेतन मन को मृत पदार्थ से बना हुआ लगता है, वास्तव में बहुत दूर है—बहुत सच्चाई में एक जीवित उपस्थिति है। वह देखता है कि पुरुषों के बजाय, जैसा कि वह था, गैर-जीवित पदार्थ के अनंत समुद्र के माध्यम से बिखरे हुए जीवन के पैच, वे वास्तव में जीवन के अनंत सागर में सापेक्ष मृत्यु के छींटे हैं। वह देखता है कि जो जीवन मनुष्य में है, वह शाश्वत है, जैसा कि सभी जीवन शाश्वत है, मनुष्य की आत्मा ईश्वर के समान अमर है। ब्रह्मांड को बनाया गया है और आदेश दिया गया है कि बिना किसी परिधि के सभी चीजें एक-दूसरे की भलाई के लिए एक साथ काम करती हैं, दुनिया का आधार सिद्धांत वह है, जिसे हम 'प्यार' कहते हैं और यह कि हर व्यक्ति की खुशी लंबे समय में पूरी तरह से निश्चित है। जो व्यक्ति इस अनुभव से गुजरता है, वह कुछ ही मिनटों, या यहाँ तक कि क्षणों में, महीनों या वर्षों के अध्ययन की तुलना में अपनी निरंतरता के बारे में सीखेगा और वह बहुत कुछ सीखेगा कि कोई भी अध्ययन कभी पढ़ाया नहीं जा सकता है या सिखा सकता है। वह विशेष रूप से पूर्ण की एक धारणा प्राप्त करता है या

कम-से-कम एक विशाल पूर्ण के रूप में सभी धारणाओं, कल्पनाओं या अटकलों को बौना करता है, जिससे अस्तित्व में आता है और सामान्य आत्म-चेतना से संबंधित होता है, जैसे कि धारणा ब्रह्मांड को मानसिक रूप से समझने की पुरानी कोशिश करता है और इसका अर्थ बेहद सूक्ष्म, और यहाँ तक कि हास्यास्पद भी है।

- नैतिक उत्थान और बौद्धिक प्रदीप्ति के साथ-साथ वह आता है, जिसे बेहतर शब्दों में कहा जाए तो—अमरता की भावना है। यह कोई वैसी बौद्धिक धारणा नहीं है, जो किसी समस्या के समाधान के साथ आती है और न ही यह एक बिल्कुल नई चीज को पहली बार सीखने जैसा अनुभव है। यह कहीं अधिक सरल व प्राथमिक है और अलग-अलग व्यक्तित्व की निश्चितता की तुलना में बेहतर हो सकता है, प्रत्येक के पास है, यह जो आत्म-चेतना के साथ आता है और संबंधित है।
- प्रकाश के साथ मौत का डर, जो कई बार पुरुषों और महिलाओं को सताता है, उनका सारा जीवन एक पुराने लबादे की तरह गिर जाता है, हालाँकि तर्क के परिणामस्वरूप वह बस, गायब हो जाता है।
- इसी को पाप का भाव भी कहा जा सकता है। ऐसा नहीं है कि व्यक्ति पाप से बच जाता है; लेकिन वह अब यह नहीं देखता कि दुनिया में कोई पाप है, जिससे बचा जाए।
- प्रकाश की तात्कालिकता इसकी सबसे महत्त्वपूर्ण विशेषताओं में से एक है। इसकी तुलना एक अँधेरी रात में बिजली की चकाचौंध के अलावा और किसी चीज से नहीं की जा सकती है, जो छिपे हुए परिदृश्य को सबके सामने ला देती है।
- नए जीवन में प्रवेश करनेवाले आदमी का पिछला चरित्र इस मामले का एक महत्त्वपूर्ण तत्त्व है।
- ऐसी ही वह उम्र होती है, जिसमें प्रकाश आता है। उदाहरण के लिए, अगर हम सिर्फ बीस वर्ष की उम्र में लौकिक चेतना प्राप्त होने की घटना के बारे में सुनें तो सबसे पहले तो हमें उस दावे पर संदेह होना

चाहिए और अगर हमें इस बात को सच मानने के लिए मजबूर भी किया जाए तो हमें उस व्यक्ति (अगर वह जीवित है) से स्वयं को, किसी भी तरह से, सच साबित करने की उम्मीद करनी चाहिए।

- इस मामले में एक विशेषता है। ऐसा माना जाता है कि लौकिक चेतना को प्राप्त करनेवाले व्यक्ति के व्यक्तित्व में हमेशा आकर्षण रहता है।
- लगता है कि लेखक के पास पर्याप्त सबूत हैं कि लौकिक चेतना के साथ, जबकि यह वास्तव में मौजूद है और स्थायी रूप से (धीरे-धीरे गुजर रहा है) कुछ समय बाद प्रकाश के विषय के रूप में एक परिवर्तन होता है। यह परिवर्तन कुछ ऐसा होता है, जो किसी व्यक्ति के रूप में बहुत अधिक खुशी के परिणामस्वरूप हो सकता है; लेकिन कई बार (जो कि बताए गए मामले में है) यह इससे भी कहीं अधिक चिह्नित प्रतीत होता है। इन बड़े मामलों में, जिनमें प्रकाश इतना बलवती होता है, सवाल में परिवर्तन भी उतना ही तेज होता है और परिवर्तनशील रूप-परिवर्तन हो सकता है। दांते का कहना है कि उन्हें 'ईश्वर के रूप में परिवर्तित' कर दिया गया था। ऐसी प्रबल संभावना प्रतीत होती है कि उसे उस क्षण देखा जा सकता था, जो उसने प्रदर्शित किया होगा, जिसे केवल 'परिवर्तन' कहा जा सकता है।

—***कॉस्मिक कॉन्शियसनेस, रिचर्ड मौरिस बक***

□

समय का प्रभाव

उस मोह से बढ़कर मूर्खता की बात और कोई नहीं है, जिसके कारण अस्थायी पदार्थों को मनुष्य स्थिर और नित्य समझ बैठता है।

—अध्याय 34, श्लोक 331

...

मनुष्य को इस बात का तो पता नहीं कि पल भर के पश्चात् वह जीवित रहेगा या नहीं, पर उसके विचारों को देखो तो वे करोड़ों की संख्या में चल रहे हैं।

—अध्याय 34, श्लोक 337

...

पंख निकलते ही चिड़िया का बच्चा फूटे हुए अंडे को छोड़कर उड़ जाता है। शरीर और आत्मा की पारस्परिक मित्रता का यही दृष्टांत है।

—अध्याय 34, श्लोक 338

—तिरुक्कुरल

दुर्भाग्य से, एक ऐसी घात लगाई है, जो सबसे शानदार रणनीतिकार की प्रतीक्षा में है। वास्तव में, कभी-कभी वह सबसे शानदार रणनीतिकार ही होता है, जो सबसे अधिक अति संवेदनशील होता है। घात में देरी होती है, आमतौर पर स्थिति को पछाड़ने और आगे बढ़ने से पहले इसे सही बनाने की इच्छा के कारण। बहुत से रणनीतिकार सही स्थिति चाहते हैं, सभी जानकारी, आगे बढ़ने से पहले सबकुछ 'बस, इतना'।

—एक्ट नाउ, विलियम ए कोहेन

हमारे चेतन मन में नए विचारों और प्रभावों के लिए जगह बनाने के लिए वास्तव में यह आवश्यक है कि हम इस प्रकार से भूल जाएँ। अगर ऐसा नहीं हुआ तो हमने जो कुछ भी अनुभव किया, वह सब चेतना की दहलीज से ऊपर रहेगा और हमारे मन अव्यवस्थित रूप से खंडित हो जाएँगे। यह घटना आज इतने व्यापक रूप से पहचानी जाती है कि मनोविज्ञान के बारे में कुछ भी जाननेवाले अधिकांश लोग इसका महत्त्व समझे बिना इसे मान लेते हैं।

लेकिन जैसे चेतन सामग्री अचेतन में ओझल हो सकती है; नई सामग्री, जो अभी तक सचेत नहीं हुई है, उत्पन्न हो सकती है। किसी को यह आभास हो सकता है, उदाहरण के लिए, किसी व्यक्ति के होश में होने पर, कुछ ऐसा हो सकता है—जैसे 'कुछ अनिश्चित है' या उसे दाल में कुछ काला लग सकता है। यह खोज कि अचेतन अतीत का कोई मात्र निक्षेप नहीं है; लेकिन भविष्य की मानसिक स्थितियों और विचारों के कीटाणुओं से भी भरी है और इसी ने मुझे मनोविज्ञान के अपने नए दृष्टिकोण के लिए प्रेरित किया।

—मैन एंड हिज सिंबल्स, कार्ल जी. जंग

गांधी अपने भौतिक वातावरण से इतने अधिक पृथक् हो चुके थे कि जेल जाना उनके कामों में बिल्कुल भी खलल नहीं डालता था और उन्होंने जेल की चारदीवारी के साए में ही अपने जीवन के कुछ सबसे बड़े फैसले लिये। आमतौर पर वे दीवारें यरवदा जेल की थीं, जहाँ उन्हें इतना अधिक घर जैसा महसूस होता था कि एक बार जब अंग्रेज प्रश्नकर्ता ने उनसे उनका पता पूछा तो उन्होंने जवाब दिया—'यरवदा'। जब कोई व्यक्ति किसी काम को भक्तिभाव से करता है तो वह जहाँ भी जाता है, वह स्थान पवित्र हो जाता है और गांधी जेल से लिखे अपने पत्रों पर 'यरवदा मंदिर' लिखते थे।

—गांधी, द मैन : द स्टोरी ऑफ हिज ट्रांसफॉर्मेशन,
एकनाथ ईश्वरन

एक नेता के रूप में किसी को कभी-कभी ऐसे कदम उठाने चाहिए, जो अलोकप्रिय हों या जिनके परिणाम आनेवाले वर्षों में पता न चलें। ऐसी विजयें हैं, जिनका प्रताप केवल इस तथ्य में है कि सिर्फ वही लोग उनके बारे में जानते हैं, जो उन्हें जीते हैं। जेल के बारे में यह विशेष रूप से सत्य है, जहाँ आपको अपने आदर्शों के प्रति सच्चे होने में तसल्ली मिलनी चाहिए, चाहे कोई अन्य इस बारे में कुछ जानता हो या न जानता हो।

—लॉग वॉक टू फ्रीडम, नेल्सन मंडेला

कवियों, जंगलों में निवास करनेवाले साधु-संतों और धरती पर मौजूद सर्वश्रेष्ठ बुद्धि से मिलना, प्राचीन भारत के मन की पहली जागृति की झलक, जैसा कि उसने बचपन में और भोलेपन से, कई बार गहरे अंतर्ज्ञान के साथ, लेकिन आध्यात्मिक सच्चाई और अस्तित्व के अर्थ के लिए हर समय ईमानदारी और लगन से खोजा—यह अनुभव किसी के लिए अत्यधिक उत्तेजक होना चाहिए, विशेष रूप से इसलिए, क्योंकि हिंदू संस्कृति बहुत अलग है और इसके पास देने के लिए बहुत कुछ है।

—द विज्डम ऑफ इंडिया, युतांग लिन

द सर्पेंट : ईव

ईव : (चौंकते हुए) कौन है?

द सर्पेंट : यह मैं हूँ। मैं तुम्हें अपना नया छत्र दिखाने आया हूँ। देखो (और उसने एक शानदार नीलमणि का छत्र फैला दिया)!

ईव : (प्रशंसा करते हुए) वाह! लेकिन तुम्हें बोलना किसने सिखाया?

द सर्पेंट : आप और एडम ने मैं घास पर रेंगता हुआ आया और छिप गया और आपकी बातें सुनीं।

ईव : आप तो वास्तव में बेहद होशियार निकले।

द सर्पेंट : मैं इस मैदान के तमाम प्राणियों में सबसे सूक्ष्म हूँ।

ईव : आपका छत्र वास्तव में बहुत प्यारा है। (वह उसे छूती है और सर्पेंट को दुलारती है)

सुंदर बात है! क्या आप अपनी दादी को प्रेम करती हैं, ईव?

द सर्पेंट : मैं उन्हें पसंद करता हूँ। (वह ईव की गरदन को अपनी दोमुँही जीभ से चाटती है)

ईव : (उसे दुलारते हुए) ईव के शानदार प्रिय सर्प! ईव अब कभी भी अकेली नहीं होगी, क्योंकि उसका सर्प उससे बात कर सकता है।

द सर्पेंट : मैं कई विषयों पर बात कर सकता हूँ। मैं बेहद समझदार हूँ। वह मैं ही था, जिसने आपके कानों में उस शब्द को फुसफुसाया था, जिसे आप नहीं ज़ानती थीं। मृत, मौत, मरना।

ईव (काँपते हुए) : तुमने मुझे इसकी याद क्यों दिलाई? मैं तुम्हारा खूबसूरत छत्र देखकर उसे भूल गई थी। तुम्हें मुझे अप्रसन्न चीजों की याद

नहीं दिलानी चाहिए।

द सर्पेंट : जब आप इस पर विजय प्राप्त करना सीख जाएँ तो मृत्यु कोई अप्रसन्न चीज नहीं है।

ईव : मैं इस पर विजय कैसे प्राप्त कर सकती हूँ?

द सर्पेंट : एक दूसरी चीज के द्वारा, जिसे कहते हैं जन्म।

ईव : क्या? (उच्चारण करने का प्रयास करते हुए) ज-जन्म?

द सर्पेंट : हाँ, जन्म।

ईव : जन्म क्या है?

द सर्पेंट : सर्प कभी नहीं मरता है। एक दिन आप मुझे इस खूबसूरत खाल से बाहर निकलते हुए देखोगे, एक नई अधिक सुंदर खाल के साथ एक नया सर्प! वह है जन्म।

ईव : मैंने वह देखा है। यह वास्तव में शानदार है।

द सर्पेंट : अगर मैं यह कर सकता हूँ तो मैं क्या कुछ नहीं कर सकता? मैं तुम्हें बताता हूँ। मैं बहुत सूक्ष्म हूँ। जब आप और एडम बात करते हैं तो मैंने आप को कई बार 'क्यों?' हमेशा 'क्यों?' कहते हुए सुना है। आप चीजें देखती हो और पूछती हो, 'क्यों?' लेकिन मैं ऐसी चीजों के सपने देखता हूँ, जो हैं ही नहीं और कहता हूँ, 'क्यों नहीं?' मैंने अपनी पुरानी खाल का वर्णन करने के लिए 'मृत' शब्द का प्रयोग किया, जिसे मैं नवीनीकृत होने पर डाल देता हूँ। मैं इसे 'नवीकरण को जन्म देना' कहता हूँ।

ईव : जन्म एक सुंदर शब्द है।

द सर्पेंट : क्यों न वैसे ही बार-बार नया जन्म लिया जाए, जैसे मैं लेता हूँ! इस बार बिल्कुल नया और सुंदर?

ईव : ऐसा नहीं हो सकता, इसीलिए।

द सर्पेंट : इस तरह से; लेकिन ऐसा नहीं है। क्यों नहीं?

—बैक टू मेथुसेलाह, जॉर्ज बर्नार्ड शॉ

समय प्रत्येक चीज के लिए ऐसा कच्चा माल है, जिसका वर्णन नहीं किया जा सकता। इसके साथ सबकुछ संभव है और इसके बिना कुछ नहीं। समय की पर्याप्तता वास्तव में एक दैनिक चमत्कार है। एक ऐसा मामला, जो जाँच-पड़ताल करने पर वास्तव में बेहद आश्चर्यचकित करता है।

आप सुबह-सवेरे नींद से जागते हैं और देखिए! आपका बटुआ मायावी ढंग से आपके जीवन के ब्रह्मांड के अविनिर्मित ऊतकों के चौबीस घंटों से भरा हुआ है! यह आपका ही है। यह आपके माल-असबाब में सबसे अधिक कीमती है। इसे कोई भी आपसे छीन नहीं सकता है। इसे चोरी नहीं किया जा सकता और आपको जितना प्राप्त होता है, कोई अन्य न उससे अधिक, न उससे कम प्राप्त करता है।

समय के अधिकार-क्षेत्र में न तो धन का कोई कुलीन तंत्र है और न ही ज्ञान का कुलीन तंत्र। प्रवीण को कभी भी दिन में अतिरिक्त घंटे के साथ पुरस्कृत नहीं किया जाता और कोई सजा भी नहीं है। अपनी असीम कीमती जिन्स को जितना हो सके, उतना बरबाद करें और आपूर्ति कभी भी आपसे दूर नहीं होगी। कोई रहस्यमयी शक्ति नहीं कहेगी, 'अगर यह व्यक्ति धूर्त नहीं है तो मूर्ख है। यह समय के योग्य नहीं है; इसे मीटर पर ही काट दिया जाना चाहिए।' यह अधिक निश्चित है कि सरकारी बॉण्ड और आयका भुगतान रविवार को प्रभावित नहीं होता है। इससे अधिक आप भविष्य को चित्रित नहीं कर सकते। ऋण को समझ पाना असंभव है! आप सिर्फ गुजरते पल को बरबाद कर सकते हैं। आप कल को बरबाद नहीं कर सकते। उसे आपके लिए रखा गया है। आप अगले घंटे को बरबाद नहीं कर सकते। इसे आपके लिए रखा गया है।

आपको अपने दैनिक समय के चौबीस घंटे इसके साथ रहना होगा। आप को इसमें से स्वास्थ्य, आनंद, धन, सामग्री, सम्मान और अपनी नश्वर आत्मा की क्रमानुगत उन्नति को बाहर निकालना होगा। इसका सही उपयोग, इसका सबसे प्रभावी उपयोग, सर्वोच्च तात्कालिकता और सबसे रोमांचकारी वास्तविकता का विषय है। सब उसी पर निर्भर है। आपकी खुशी—मायावी पुरस्कार, जो आप सभी के लिए है, मेरे दोस्त—उस पर निर्भर करता है।

अगर कोई यह व्यवस्था नहीं कर सकता है कि प्रतिदिन के चौबीस घंटे की आय उसके व्यय के तमाम मदों का बोझ उठाने में सक्षम है तो वह व्यक्ति अपने पूरे जीवन को अनिश्चित काल के लिए अव्यवस्थित कर रहा है।

हमारे पास कभी और अधिक समय नहीं होगा। हमारे पास है और हमारे पास सदैव था, इस समय है।

—हाउ टू लिव 24 ऑवर्स अ डे, अर्नाल्ड बेनेट

फूल को देखिए, यह कितनी उदारतापूर्वक इत्र और शहद को वितरित करता है! यह सभी को देता है और प्रेमपूर्वक व मुक्त भाव से देता है। जब इसका काम पूरा हो जाता है, यह चुपचाप नीचे गिर जाता है। फूल की तरह बनने का प्रयास करें, इसके तमाम गुणों के बावजूद।

—*भगवद्‌गीता*

□

अभिस्वीकृति

पुनर्मुद्रण की अनुमति के लिए निम्नलिखित का आभार व्यक्त किया जाता है—

'सतीश धवन', करंट साइंस, खंड 82, संख्या 2 (25 जनवरी, 2005), रोड्डाम नरसिम्हा

'ए डॉक्टर्स स्टोरी ऑफ लाइफ एंड डेथ', अरुण तिवारी के साथ के. सुब्बाराव, आशियन बुक्स प्रा.लि.

'द जपजी एंड द रेहर्स : द मॉर्निंग एंड ईवनिंग प्रेयर्स ऑफ द सिख्स', खुशवंत सिंह द्वारा अनुवादित, रूपा पब्लिकेशंस इंडिया

'टैगोर फॉर द 21स्ट सेंचुरी रीडर', अरुण सिन्हा द्वारा अनुवादित, एलेफ बुक कंपनी

'तिरुक्कुरल : पर्ल्स ऑफ इंस्पिरेशन', एम. राजाराम द्वारा अनुवादित, रूपा पब्लिकेशंस इंडिया।

□□□